目次

# プロローグ

——死には匂いがある——

死臭とか、腐臭とかそういった類《たぐい》のものではなく、私は明確に死の匂いを嗅ぎ分けることができる。たとえば、日曜日の匂いと言えばわかるだろうか。休みの日、気分が高揚すると感じる匂い。他にも、夏の匂いや、紅葉でも匂いを感じることがある人もいると聞いたことがある。私の場合、それが他人の死というだけのことだ。そのことに初めて気付いたのは、六歳の時。

たまたま、大叔父の不幸だかなんだかで父の実家に行った。山陰地方の奥まった地域にある父の実家を訪れたのは初めてのことだったが、周囲に自然以外何もない土地で、父の実家だけに大勢の人がいたことを覚えている。顔も知らない親戚はただの風景にしかすぎず、むせかえるような金木犀《きんもくせい》の香りに混じって、線香の香りが強く漂っていたことだけが印象に残っている。

葬式当日、ではなかったと思うが、それにしても集まった人たちは朗らかに笑っていて、遺影も素敵な笑顔だったから、嫌な感じは一切しなかった。同世代の子どもはほとんどいなかったせいか、私も大人の会話に参加していた。大人の話に交じれることでちょっと背伸びをしたような気分になって、つい感じたことをそのまま遠慮なく言ってしまったことが発端だった。

「おばさん、どこか具合が悪いの？」

親戚筋の誰かではあるが、詳しくは知らない。ただ、母とそれなりに仲が良い間柄だったようだ。その女の人は不思議そうな表情で、答えてくれた。

「あら、おばさんは健康そのものよ？　健康診断でも、お医者さんに太鼓判を押してもらえるんだから！」

「でも、あとちょっとで死ぬよね？」

「どうしてそう思うんだい？」

冷え込みかける空気の中、口を挟んだのはそれまでニコニコしたまま様子を見ていた、置物のような曾祖母。喋れたのかと思えるほどに静かだった曾祖母の声は、多数の親戚の喧騒を遮って私の許に届いた。厳しくはない。ただ、嘘も誤魔化しもきかない鋭さがあった。

だから私も正直に答えたのだ。

「だって、死の匂いがするよ？」

「どんな匂いだね？」

「臭くはないかな。ちょっと甘酸っぱいような……」

「熟さないリンゴのような香りかね？」

「うーん、わかんないけど。あ、外のお花よりは強い匂いだよ？」

得たり、とばかりに手を叩いた途端、曾祖母の落ちていた瞼《まぶた》がカッと見開かれた。

その途端、おばさんがわっと泣いて一同が騒然となったのを覚えている。

俄《にわか》にざわめく親族の中心で、私の周囲の空気は冷え込み、私の母は何がおきたか理解もできず、父は見たこともないほどに厳しい表情をしていたことしか覚えていない。

私は気付くと曾祖母の膝の上に座り、優しく頭を撫でられながら諭された。

「いいかい。その匂いを感じても、家族以外の前では決して言わないようにするんだよ」

「どうして？」

「運命は変えられないからさ。いや、変えられるかもしれないが、お前だけの力じゃどうにもできないんだ。そういう風にはその力はできていないんだと」

「もし無理に変えたら、どうなるの？」

「辻褄を合わせられる。ひょっとしたら、死ぬよりもっと酷いことになって。恐ろしいことだよ」

そう語る曾祖母の目つきが、背後に見える能面と重なるようでより恐ろしくて。なのに、どこか懐かしいようで、後悔しているように見えたのはなぜなのか。私は固く能力を使わないことを約束させられ、父の実家をあとにした。曾祖母は不安そうな私を慰めるためか、自分の髪留めをくれた。古い意匠だが、怖い時があったらこれを触るようにと言い含めて。

その時、両親と曾祖母の会話を聞いていたが、断片的であまり思い出せない。「まさかこの子が――」「翡翠さんは――」「今更どうして――」「何か役割が――」「二つの太陽が出会わない限りという話では――」「だいたい十日、早くて一日」。そんなことを話していたような気がする。

ただ一つ確実なことは、それ以降私は父の実家に帰省することもなければ、父の親戚一同誰にも会うことがなかった。

以後も両親の態度が変わることはなかったが、私はどこかでもう両親とは通じ合えないんだなと、一人孤独感を抱えるようになった。私が触れ合う現実は、常にガラス越しのように感じられた。そう、丁度子どもが虫籠の中を覗くように、少し離れたところから世の中を見つめるようになっていったのだ。それは、高校生となった今も変わらない。表向きはどこにでもいるただ普通の女子高生として、私は誰にも理解されない空虚を抱えて生活している。

# 第一章　陥穽

「……おーい！」

「……」

「おーい、たーまーひー！」

「わあっ!?」

息がかかりそうなくらい至近距離から友人二人に顔を覗き込まれて、思わず小さな悲鳴を上げてしまった。その反応に満足したのか、由宇がずれた眼鏡を直しながらきゃっきゃと笑う。

「テスト疲れかぁ？　徹夜するような性格じゃないだろうに」

「はい、クールな美少女の珍しい反応いただきました〜。皆さん、ちゃんと脳内に保存しましたか〜？」

「皆さんって誰だ、皆さんって。三人しかいないって」

意味不明な発言に、隣のアキがため息をつく。由宇が学校では見せないテンションの高さで、くるくると踊るようにステップを踏みながら先頭を歩く。

テスト終わりの、いつもとは違う帰宅風景。まだ明るいうちから、人気のない土手を三人で歩いている。これから由宇お勧めの喫茶店にでも行こうかと話しながら、私とアキは休み明けのテストで疲れた頭と体を引きずり、一人だけ解放感に酔いしれて跳ねまわる由宇の後についていった。ようやく一度家に帰って、明日遊ぶことにしようと約束したのに。陽を受けて輝く川が、今はどこか憎らしい。

高校に入ってからの友達である由宇とは二人でよく帰宅するが、昔からの親友であるアキはバスケ部に入っているから、こうして三人で会話するのは数えるほどしかない。というか、私を介しての友人ではあるが、アキと由宇はほとんど会話したことがないはずだ。アキの性格からして、むしろ由宇は苦手だろう。案の定、アキがひそひそと耳打ちをする。

「いつもあんな感じだっけか、あのおっぱい眼鏡」

「その呼び方はどうなの。そういえば、話すのは久しぶりだっけ」

「たまひと一緒にいるからたまに話すくらいで、三人で帰るのは初めてだよ」

「そっか。アキがいるから、いつもよりテンション高いのかな」

「オカルト好きの陰キャ手芸部かとばかり思っていたけど、友達は多いんだって？」

「体育会系陽キャに見られながら、本当は無口なアキとすら友達になるくらいだから」

「まだ友達歴はそこまで長くないよ。テンション高いのは苦手だわ」

ボーイッシュでさっぱりとした性格のアキは、こういった感想や感情を隠そうともしない。そういう裏表がないところが私は好きだ。テスト期間なのに個人練習をしようとしていたアキは着替えて体育館に向かっていたが、たまには一緒に帰らないかと誘うと少し悩んで、一緒に帰ることになった。そのせいでなぜかスカートだけ穿き替え、上半身はジャージ姿という不思議な恰好で下校することになったが、余り気にしていないようだ。細かい所に気付くのに、自分の事には無頓着なところが、男子よりも女子にモテる理由だと思う。髪だって、切りにいくのが面倒だとか言って、適当に伸ばして分けただけなのだ。セットくらいすればいいのに。

一方、大人しそうに見えてわりと遠慮のない由宇はアキの感情にも気づかず、ずいずいとアキを覗き込むように話しかける。やや明るい栗毛のショートボブに眼鏡といった幼い容姿とは対照的にほのかに香る女性的な香水と、制服に入りきらない胸元を隠そうともしない無防備な行動に、アキが動揺する。

「ねぇ、どう思います？」

「な、何が」

「コミコスに三人で行く話ですよ」

「コミコスぅ？」

聞き慣れない単語に、由宇がち、ち、と指を左右に振る。

「知らないんですか？　今流行りの、エロいコスプレをしないと入れない同人即売会ですよ！　そこに三人で行こうって話ですよ！　私手芸部なんで、衣装は自作できますから！」

「手芸部ってそんな部活だったっけ？　行くわけないじゃんか。こちとら制服以外で、スカートすらはかないっての」

「見たくないんですか、たまひさんのバニー姿」

私のバニーがいつの間に確定したのかと思っていたが、由宇がアキに何かを長く耳打ちする。おそらくは由宇お得意の妄想だと思うが、妙に艶《なま》めかしく目を細めた由宇の言葉を聞くにつけ、アキが真っ赤になっていく。

「……それ、見たいかも」

「でしょう？　じゃあ来月三週目の日曜日、空けておいてくださいね！」

「ちょっとアキ、乗せられてるよ！」

流されそうになるアキを止めようとしたが、アキは真っ赤になったまま、片手で顔を押さえている。

「悪い、たまひ。私、結構由宇が好きかも」

「さっきと言ってることが違う！　ちなみに、どのくらい好き？」

「下の上から中の下くらいになった」

「まだ平均にすらなってないじゃない！」

「私の友達ハードルは高いんだよ！」

「二人とも〜明日素材を貰いに行って採寸もするから、そのつもりでね〜」

由宇が前から叫び、私が捕まえようとすると面白がって逃げていく。元バスケ部で足には自信があったのだが、すっかり鈍ってしまったようだ。ちょっと走っただけでも息が上がる。

「ほ、本当にやるのかなぁ？」

「私はやってもいいぞ。エロい格好するのは、たまひと由宇だけだし」

「逃げたな!?」

「当然。逃げるが勝ちさ」

アキが意地悪く笑い、ふっと真面目な顔に戻った。

「前もそうすりゃよかったんだ。あんな馬鹿なイベントに付き合う必要はなかった」

「だって、あの時は……」

中学生の時、私とアキはバスケ部に所属していた。地区大会を突破し、県大会まで進むほどには強くて。地区大会を突破した後の強化合宿で、結束を固めるため、という名目で肝試しをやった。それがいけなかったのだ。

危なそうな場所に、自ら近寄ったことはなかった。実際に危険と言われるだけでなく、いわゆる心霊スポットと呼ばれる場所もそうだ。私はいつか父の実家で嗅いだあの匂いが漂ってくると、一も二もなく回れ右をした。両親と共に訪れた場所でもそう警告を出すと、両親は無言でそこから離れてくれた。ただあの時だけは――

（私たちチームでしょ？　一体感が大事だよ）

（県大会、勝ちたくないの？）

私はともかく、アキにはスポーツ推薦の話があった。県予選の組み合わせを見る限り、準決勝までは勝ちあがれそうだった。アキの将来を閉ざしたくなかった。だから、匂いがしたのに近寄ってしまったのだ。

今は使われなくなった、山奥の廃マンション。そこの三階に行って、明かりで合図するというのが肝試しだった。廃マンションに近づくほどに、匂いが濃くなった。ここでは本当に人が死んでいる――そして、近寄れば私たちも無事では済まない予感があった。私がそう思っているうちにも皆は到着し、そして震えているうちに最初の二人が上がっていった。

二人はきゃあきゃあ言いながら、楽しんでいる様子ですらあった。懐中電灯の明かりが暗闇のマンションの階段を上っていく。三階に上ったところで、おーい、と明るい声が聞こえた。皆、手と懐中電灯を振って応えたが、その瞬間に匂いがむせ返るように強くなった。

「気付かれた……」

「え？」

口から出た呟きを聞いていたのは、隣にいたアキだけだった。そして匂いは次に向から組の二人から強く漂っている。

私は無我夢中だった。懇願するように次の二人にしがみつき、わめくようにして無理矢理帰ろうと主張した。それなのに、普段大人しくしていたせいか、誰も私の言葉に耳を傾けてくれなかった。

「ねぇ、どうしちゃったの？」

「おっかしーんだ、お化けなんているわけないじゃん」

「駄目だって、ここは本当にまずいんだって！　私にはわかるんだから！」

必死の形相に顔を見合わせる部員たち。その時、マンションに異変があった。部員の一人が指さしたのだ。

「ねぇ、三階のアレ……」

「え？」

全員がそっちを見る。跳ねるようにぴょこぴょこ動く明かりとは別に、マンションの端っこに突如として明かりが出現した。その明かりは上下に全く動かず、水平に滑るようにゆっくりと動き始めた。

人間が持っているなら、多少上下はするはずだ。その違和感に、一人が真っ先に気付いた。

「ヤバイって、二人とも！　すぐに下りて来て！」

はっとしたように全員が騒ぎ始めた。それでも声が届かないのか、上の二人は下りてこようとしない。私は何かを考えていたわけではない。ただあの時他の仲間からも死の匂いが漂ってきたような気がして——ただ恐ろしくなってその場を逃げ出した。

その動きに気付いた他の部員が、今度は我先にと逃げ出したのだ。そしてその動きを見たマンションの上にいた二人も、慌てて下りて来た。

結果として、その時は二人が転んで足を捻挫した。その二人が試合に出られなかったせいか、私たちは県予選の二回戦で敗退することになり、他の部員も含めたスポーツ推薦の話も全てなくなってしまったのだ。

大会の後、私は全員からなじられた。お前のせいだ、お前が真っ先に逃げ出したからこんなことになった、と。私は行かない方がいいと最初から言っていたのに、その弁明は誰も聞いてくれなかった。ただアキだけは私の味方をしてくれて、負けたのは他の面子を含めた実力が足らなかったからだと言ってくれた。なのに、他の部員はアキをかばい、私だけを悪者にした。

その後、しばらくして。部員の二人が、部活とは関係のないところで大怪我をした。

一人は家族旅行中、事故に遭った。一命はとりとめたが、二度とスポーツができない足になってしまった。一生松葉杖か装具が必要な足となり、障碍者《しょうがいしゃ》として生きていくことになった。

あと一人は、精神に変調をきたした。あの日マンションには上っていないはずなのに、夢を見るたびあのマンションの中にいるのだそうだ。何か恐ろしい物に夜な夜な追いかけられ、日常生活に支障が出るほどの不眠症となった。今はどこかの病院に長期入院しているらしい。

辻褄を合わせる、とはこういうことかと理解した。私たちは誰も死ななかったが、輝かしいはずの将来を失い、仲間内には亀裂が走り、代償を支払い続けながら生きていくのだ。

アキを含めた五人は、まだバスケットを続けている。だけど私は辞めてしまった。バスケットボールを見るだけで、動悸がする時すらあるのだ。もう、アキ以外の顔を見ることすら辛い。高校も、できるだけ彼女たちと別になるように選んだし、高校でも部活に所属せずに、個人的に空手を習うにとどめている。あれから二年と少し。ようやく、悪夢を見なくなったところなのだ。このまま忘れ去ってしまいたい。

アキが肩を叩いたことで、私は現実に引き戻された。アキには、私が何を考えているかわかったようだ。

「もう忘れていいさ。知ってるか？　あの後三回戦で当たる予定だった中学が、そのまま優勝したんだ。結局、あれ以上勝ちあがれなかった。万全でも、推薦はなかったのさ」

「でも、皆で仲良くしていられたかも」

「どこかで道は別れる。それが高校か、その後か、それだけの話さ。楽しい思い出は残していいと思うけど、またそれぞれの道で別の思い出も作るだろう。悪い思い出だけ引き摺る必要はないんだ。あんたは優し過ぎるよ、たまひ」

アキが白い歯を見せて笑った。どうしてアキは自分にこんなに優しくしてくれるのか。自分はそんな価値のない臆病な人間なのだと、アキに伝えたかった。

「――それでも、私はあの時、怖くてアキも置いて逃げて――」

「どうした、由宇？」

言いかけた私の言葉は、泡のように宙に消えた。アキが、前を行く由宇の様子が変わったことに気付いたからだ。その由宇は一点を凝視して動かない。そしてすっと指を挙げた動作がいつかのマンションを指さすバスケ部の仲間とダブって、私はびくりと身を震わせた。

「あのマンション……」

「うん？　ああ、やたらデカくて、変わったマンションだよな」

由宇が指さしている先に、陽が傾き始めたマンションが照らし出されている。そのマンションは私が子どもの頃から有名だった。戦後、高度成長期に入るか入らないかの時に作られた古いマンション。どこかの有名な建築家がデザインしたらしい洒落た外観が話題となったが、景観を重視して坂の上に無理矢理作ったせいか、排水管に不備があったのか、水回りのトラブルがやたら多いそうだ。それに山を無理矢理切り拓いて作ったせいか、虫もやたらと多くて人気がなくなって、現在では、全戸数の十分の一も人がいないのではないかと話題になっていた。

あのマンションのことは当然知っているが、あえて目に入れないようにしていた。あの場所からは、いつも死の匂いが漂っているからだ。高度成長期に入居した住民が高齢者となり、やたらと救急車が来ると近所の住人が噂していたが、それだけが理由ではないのではないかと疑っている。まぁ、自ら近づきさえしなければなんら害はないし、私の家はこちらとは本来反対側だ。普段からあんなものを目に入れる必要はない。

そのマンションを見つめる由宇の目は、どこかうっとりとしていて。そしてアキは嫌悪感を露わにしていた。

「さっさと潰すなりなんなりすりゃあいいのにな。いまだに駅前商店街の不動産で物件を紹介していたけど、あんな物件に誰が住むってのか。近くに住んでる友達がいるけど、圧が凄いし、日陰も多くて洗濯物が乾かないって文句を言ってたぞ。それに――」

「怖い場所としても、有名ですもんね」

「おっ、オカルト好きだって聞いたけど、やっぱり知ってたか。まさかそれが目的でこっちに来たとか？」

「さすがに違いますよぅ。でも、あそこの噂は本当に色々あって」

オカルト好きな由宇が、つらつらと話し始めた。

「あそこはですね、終戦直後は精神病院だったか、軍の病院だったかという話があるんです。なんでも、あまり公にできない実験を行っていたせいで、更地にすることもできなかったとか。その建物を隠すように上に増築を繰り返したせいで、あんな奇天烈な建物になったらしいんですよ」

「お洒落じゃなくて？」

「物は言いようです。奇天烈かお洒落か。ほとんどの人間は、それを断じるほどの芸術的センスや自信を持ちませんから。今でも壁を掘ると人骨が出たり、放射線の影響で奇妙な生き物が沢山見つかったりするとか」

「放射線って、戦後からあったっけ？」

「もう、細かいですね！」

由宇が怒ったように、ぽかぽかとアキを叩いた。アキは逃げるふりをして由宇をからかい続ける。

「由宇、実は勉強できないんだろ？」

「悪かったですねぇ、どうせ下から数えた方が早いですよ！」

「勝った！　これでも私は平均より上だぞ」

「たまひさん、たまひさんはどうなんです!?」

「え、私？」

言えない、生物と英語以外が壊滅的なんて。文系でも理系でもないって、担任を悩ませたなんて。これから先の進路はいまだ、あやふやなままだ。

しどろもどろで返事に困っていると、またしても由宇がふっと遠い目をするようにあのマンションを見つめた。

「でも、あの団地の周辺で虫の新種がいくつか見つかったのは本当らしいですよ？だから、この町の大学って、生物研究が盛んらしいですし」

「ああ～。偏差値の割に、結構有名だよな。特にフィールドワーク。この前も全国版のテレビに誰か教授が出ていたような……」

「業田教授」

「ああ、それだ！」

「他にもかしげ病とかですね――」

二人がわいわいと話している内容を、私はほとんど聞いていなかった。あのマンションからは、妙な匂いは今のところしない。もちろん、近寄らないとわからないだけかもしれないが、いつものような死の匂いは漂ってこない。ただその代り、嗅いだことのない匂いが風に乗って流れて来るのを感じていた。

確信はないが、予感はある。あのマンションに近づけば、私は何らかの運命に絡めとられるだろう。それは蜘蛛の巣にかかった蝶のように、決して逃れられない運命のはずだ。

私の脳内に、不思議なイメージが浮かんだ。蜘蛛の巣にかかった蝶が、こちらを恨めしそうな目で見つめるのだ。いや、蝶に目があるはずがない。目のように見えるのは、蝶の模様か。いや、頭が人間のように――

「――たまひ!?」

「はっ！」

私はアキに揺さぶられて、我に返った。死の匂いを嗅ぐ時にたまに今のように集中し過ぎて周囲の声が耳に入らなくなるが、今もそうだったのだろうか。初めての感覚に、頭が痛くなる。

目の前には、アキの心配そうな顔。

「大丈夫か、たまひ？　真っ青だよ」

「そんなに？」

「ああ、あの夏合宿の時みたいに」

そう指摘されて、初めて動悸を感じた。息が苦しい、胸がムカムカする。あの時と同じ？　いや、違う。もっと悪い気がする。これは――

少し離れた場所で、由宇が無表情に私とアキを観察していた。その様子に、ちょっとびくりとしてしまう。

「――やっぱり最近、この町ちょっとおかしいのかなぁ」

「おかしいって、何が」

「かしげ病患者が新規発症しているとか、行方不明者が妙に多いとか、ホームレスが一人もいないとか、死んだ人が歩いているのを見たとか」

「死んだ人が、歩いている？」

私はどきりとした。もしそうなら、死の匂いをもっと感じるはずじゃないか。いや、昔から門限が厳しい家だったせいで、日が暮れてから出歩いたことはほぼない。遊ぶ場所がそもそも少ない町だが、夜になるとほとんどの家が送迎をする習慣があった。今思えば、小学校の頃から、いやに集団下校や、送迎が徹底していなかったか。これは、普通ではなかったのか。

「治安はいいだろ？　ホームレスが一人もいないんだから」

アキの言葉は、自分で言っていて確信がないようだった。アキもこの町で育っている。でも不審者の目撃情報は、子どもの頃からいつもあった。いつもそうなのは、ひょっとして普通ではなかったのか。この町以外の常識を、私は知らない。

由宇がそれを認めるように、首を振った。

「私は親の仕事の都合で中学の頃にこの町に来ましたけど――夜になると、人通りが極端に少ないです、この町。そりゃあ遊ぶ場所なんてないですけど、それにしたって公園にもコンビニにもほとんど誰もいない。学校だって夜遅くまで部活するのは禁止ですし――ちょっと神経質過ぎやしないですか？　ホームレスって、この規模の町でも一人もいないものですか？　なのに、不審者注意の看板がやたらと多くないですか？」

「そう、かな――」

「それにですね、アングラな本屋に並ぶ創作の話が妙に独創的で――それに惹かれもしたんですけど」

由宇が鞄から引っ張り出した本を見て、アキがちょっと仰け反った。

「あんたさあ～、学校に同人誌なんて持ってくるなよ」

「文芸作品としても面白いんですよ！　これです、これ！　見てください！」

その本は同人作品の総集編のようだったが、タイトルが特徴的だった。「とても静かな町」「電気代が払えない」「首が曲がり過ぎた少女」「死蝋会館」「イケメンばかりのおかしな救急隊」「目が舞う」など。

アキはそれらを見て、微妙な顔になった。

「タイトルにセンスがない」

「それはいいんですよ！　それより、この本に出て来る情景がこの町としか思えなくてですねぇ。特に一番昔のものだと、二十年前にもなるんですけど……」

由宇の考察にアキは付き合っているが、私は「目が舞う」の挿絵に釘付けになっていた。先ほど脳内に浮かんだイメージの蝶と、この挿絵の蝶がそっくりなせいだ。

作者の名前を確認する。穏田千景。この人物に話を聞いてみたい。

「由宇、この作者って知ってる人？」

「知ってました」

「ました？」

アキが不思議そうに首をかしげると、由宇が答えた。

「行方不明です、三年前から」

「行方不明だぁ？」

由宇がずれた眼鏡を直す。

「私はご自宅も知っていますから。それが何もなかったように、ある日突然いなくなりました。誰も彼女の一家がどこに行ったのか、知りませんでした。同人即売会を、私の知る限り一度も欠かしたことのない作家さんでした。都会の、大きな会場ではお見かけせず、この地域でだけ活動していましたが、その分出席は確実にされていた方です」

「引っ越した、とかじゃなくて?」

「もちろんそれも考えましたが、ブログは停止したまま、次の即売会の予約席もそのままでした。印刷所にも、冊子の予約をしていたのですよ?　そんなことってありえます?」

「それは――」

「その予約されていた本が、あのマンションに関するとしか思えない内容ですけど――え」

由宇がマンションの方を指さしたまま、固まっていた。その指が示す先に何があるか目を凝らす前に、アキが信じられないものを見たように呟いた。

「……飛び降りる気だ」

「え?」

「屋上!　女の人が!」

由宇の叫びは断片的で、だからこそ差し迫って聞こえた。私が確認するその時にはもう、由宇は走り出していたのだ。

「止めなきゃ!」

「間に合うか?　それよりよく見えたな、由宇!」

「私、伊達眼鏡ですから!」

「伊達かよ、それ！」

「その方がキャラづくりに良いでしょう？　おっぱい眼鏡って言われましたし！」

「聞こえてた！」

アキが額を打った時には、由宇は遥か先にいた。その身のこなしにアキが驚きつつ、その後を追おうとして足を止めて、私の方を振り返った。

「たまひ、背負い過ぎなくていいんだ」

「え？」

「ずっと気にしているだろ、中学の時のこと」

アキの言葉に、どきりとする。アキは、由宇のことなど忘れたかのように続けた。

「人間には変えられることと、変えられないことがある。あの時、私たちはたまひの忠告を聞かなかった。だからああなった。自業自得さ、どうしようもなかったんだ」

「……でも」

「今はどうだ？　たまひの直感と心は、どう感じてる？」

言われてはっとした。たしかに何かを感じてはいる。近寄らない方がいい、いや、近寄ってはいけない。死の匂いが漂う時は、距離ではない。近いほどに精度はあがるが、本当にまずいものはいくら離れていてもわかる。だから、この場所に足を向けたことがなかったんじゃないのか。不気味なマンションの話は知りつつも、見ようともしなかったのは本能的に避けてきたからではないのか。

同時に、死の匂いとは違う、嗅ぎ慣れていない匂いが漂ってきた。この匂いの正体がわからない。だけど、飛び降りようとしている人は放っておけないし、由宇をそのままにしておくわけにもいかないだろう。

それにあの肝試しの時、結局ついていったのは自分だったのだ。本当に自分が可愛いだけなら、何と言われようと放っておけばよかったのだ。だけど、彼女たちを見捨てられなかった。私は自分の選択によってどんな結果を呼び込むとしても、人間らしさを捨てるつもりはない。

「……行こう！　由宇を放っておけない！」

「そうか。なら急がないとね」

アキが先に走り出したのを見て、私もその後を追った。

＊＊＊

そして、すぐに後悔した。二人とも、とんでもなく足が速い。アキはわかる、バスケ部でも一、二を争う足の速さだったから。私だってそこまでではないが、女子の中では速い方ではあった。だけど、運動が苦手そうに見えた由宇の足の速さが尋常じゃない。陸上でもやった方がいいんじゃないだろうかと思うほど、姿勢も良い。アキですら完全に置いて行かれた。

「由宇のやつ、なんであんなに足が速いんだよ！」

アキが息を切らしながら、文句を言う。私はと言えば、文句を言う余裕すらなかった。まさか運動部を辞めてから、こんなに衰えているとは。手習いでやっている空手だけじゃだめみたいだ、明日からジョギングでもしようと、小さな決意を胸に秘めた。

三分ほども走っただろうか。目的のマンションは、信号を越えて坂の上にあった。こんな不便な場所じゃ、高齢者はさぞかし大変だろうと思う。坂も急だし、いくらお洒落でも、このマンションは住みにくくないだろうか。上る場所は何か所かあるようだけど、目の前の坂はジグザグでさらに回り込まなければいけないようで、結局どうあがいても目的のマンションまでは一直線に行けそうにもない。

アキはまだ余裕があるのか駆け足で上っていくが、私は膝に手をつきながら思わずマンションを見上げた。息を整えないと流石に無理だ。

「ちょっと……休憩……」

そうして見上げたマンションは、いつの間にか傾いてきている夕陽を受けて、不気味なくらい赤く輝いていた。元々エレベーターや防火扉らしき部分が赤いせいもあるだろうが、年月をかけて錆《さ》びくすんだ外壁のせいで、まるで全体が赤く燃えているように見える。そして空き部屋が多いのか、カーテンのない窓が夕陽に照らされて真っ赤に染まり、まるで充血した目がこちらを睨んでいるようだ。

「シミュラクラ現象、って言うんだっけ」

マンションが人の顔に見えるわけないじゃないかと思いながら、深呼吸をして駆け足で坂を上っていく。その途中にも、立体的に突き出た部屋や、外に足のように伸びた階段を見て、まるで立体パズルのようだと想像していた。

「何かの手順を踏んだら、変形するのかな」

そんなくだらないことを、思わず呟いてしまう。そうして私がマンションに到着した時、由宇は口を尖らせ、アキは由宇の胸に指を当てて軽口を言い合っていた。それこそ、長く親友であったかのような気安さで。

「違いますぅ～私は運動が苦手だから手芸部をやっているんじゃないんですぅ～。むしろ、眼鏡女子が皆大人しくて運動ができないなんて、偏見ですぅ～。勉強は下から数えた方が早いですけどぉ～、スポーツテストは一級ですぅ～」

「なんだそりゃあ。じゃあなんで手芸部なんだ？」

「創作活動にいそしんでいるからですぅ～」

「本当は？」

「胸が育ち過ぎて、運動すると痛いからですぅ～」

「そりゃ私への当てつけかぁ！」

なんだか楽しそうな二人を見て、思わず私は「ふへへっ」と変な笑い声を出してしまった。昔から緊張した時など、変な場面で変な笑い方をする癖がある。黙っておけば美人なのにと、何度言われたことか。

案の定、アキも由宇も私の笑いに気付いてこちらを見た。

「やっぱりおかしいですよねぇ？」

「そりゃ由宇だ！」

「そうじゃなくって」

由宇がその議論は終わったとばかりに、地面を指さした。アキはそこではっとして急に真面目な表情に戻った。私も、指さされて初めて、そこに血の跡があることに気付いた。血の跡はまだ瑞々しく、由宇が靴の先をつけて離すと、赤い色がねとりと伸びた。

「これ……本物？　まさか、本当に飛び降りたの？」

「別の怪我の跡や、ペンキじゃなくて？」

「少なくとも、誰かが今大怪我をしたことは間違いないでしょうね。あっちに跡が続いてますし」

由宇の指先が、すうっとマンションの奥へと続く。血の跡は一定間隔で繋がっていて、その先はマンションの闇に吸い込まれていた。

私は改めてマンションを見上げる。高さは場所によって様々と言っても、踊り場こそ低い所では三階程度だが、先ほど見た女性は屋根の上にいたはずだ。段々になっている屋根は低くても、七階はある。途中で引っかかったとしても、怪我では済まない高さだ。しかも土手から見えた限りでは、もっと高い場所から飛び降りたのではないのか。

「さっき見た時さ……あれ、何階かなぁ？」

「わかんない。でも、十階はあると思ってた」

「ここから上を見ると、そう見えますよねぇ。そうなると……」

　由宇の言わんとすることはわかるが、まさか、あの高さから飛び降りた後に自力で歩いて去ったというのか。それとも、そこにある木がクッションになった？　どれほど運が良くても、大怪我はしているはずだ。そして、それよりも不思議なことがある。

私は周囲をきょろきょろと見回した。

「どうして誰も気付かないの……？」

「このマンションね、今じゃ入居者がほとんどいないんじゃないかって言われているんです」

「ああ、駅前商店街外れの不動産で、格安物件でいっつも紹介されているもんな」

「それにしたって、管理人くらい」

「いませんよ。だって、誰も私たちのことを見ていないでしょ？」

由宇が手を広げて、鼻先にある管理人室の方を指さした。たしかにこんな時間に私たちみたいな女子高生が三人もマンションに入ってきたら、声くらいかけられそうなものだが、それもない。管理人室に明かりはなく、帰った後なのか、それとも最初からいないのかもわからない。不在の表示すらないのだ。

由宇が不在を確かめるように、管理人室の窓を叩く。

「ほら、誰もいない」

「不用心だなぁ」

「まぁ、門もないマンションですけどね」

アキが管理人室を覗き込み、私もそれを真似した。その途端、目の前のガラスを何かの虫が走った。

「ひゃあっ！」

「うわあっ⁉」

驚いた私が仰け反り、後頭部とアキの顎がぶつかる。アキが顎を押さえながら、恨めしそうに私を見た。

「なんだよもう〜。びっくりするなぁ」

「ご、ごめんね」

「たまひさん、何か見たんですか？」

「大きな虫が、いきなり」

言い訳っぽかったが、事実だろうと必死に訴える私の背後を、由宇が覗き込むように頭を動かした。

「え？」

「私は見てませんけど、たまひさん……後ろ、何か動きました？」

管理人室は奥までは見通せないが、先ほどの虫が走って行ったはずだ。

「さっきの虫じゃないの？」

「いいえ、もっと大きな何かが……」

「扉は開かないぞ？」

アキが管理人室のノブに手をかけていたが、扉は鍵がかかっているのかびくともしないようだ。確認したアキが肩を竦《すく》めた。

「たまたま誰もいないのかな」

「ねぇ、このまま放っておくのもすっきりしませんよ。落ちた人の無事だけでも確認しませんか？　倒れているなら、救急車を呼ばないと」

「でも、マンションの住人じゃないのに不法侵入になるんじゃ」

「管理人さんもいませんし、門みたいなものもありませんし、それは大丈夫なんじゃないですか？　別に部屋の中に入るわけでもありませんし」

由宇の言うことはもっともだった。でも気が引けるのか、先ほどのように突っ走ったりはしない。アキは私の方を見て、どうするべきか意見を聞きたがっている。バスケの時と一緒だ。アキは一人でなんとかできるだけの度胸もスキルもあるが、決して暴走せず、司令塔や周囲を常に確認する。バスケ部では私が司令塔役だったから、プライベートでもその癖が出るのだろうか。それとも、私の能力を頼りにしているのだろうか。単に秀でたところがないからそのポジションを任された、私のことを。

「無事だけ確認しに行こう」

私は決断した。私の能力は危険を告げていない。この緊張と動悸は、きっと不気味な建物のせいだ。そう自分に言い聞かせるように、そして私の善良さを信じるために強い言葉で先に進むことを主張した。アキと由宇は、私に続くように頷いてくれた。

マンションの廊下は、想像以上に暗かった。照明がそもそも暗く、立体的で開けたような空間をしているわりに、光が届くところが少ない。夕方だからということもあるかもしれないが、きっと昼でもそう変わりはないだろう。豊かな木々も、わざと光を遮っているとすら思えてしまう。

「薄気味悪いですよぅ……」

由宇が気弱な発言をしたが、全くその通りだと思う。明かりを使わなくても歩けはするが、正直中で生活をするのは快適とはいえないだろう。照明も、三分の一もついていないのではないか。いや、全部ついていても、きっと明るさは変わらない。

「まだ向こうまで続いているな」

血の跡は一定の間隔で、ずっと点々と続いていた。出血の量はさほどでもないと思っていたが、血の跡はずっと同じ大きさで、止まっている気配がない。これでは結構な出血になっているはずだが、怪我をした人は無事なのだろうかと心配になってしまう。

それ以上に、その女性は誰とも出会わないのだろうか。

「なんでも、一番古い棟は六十年くらい経過しているみたいですぅ」

不安を振り払うように、由宇が怯えたような声で薀蓄《うんちく》を披露する。

「戦後からあるんだったら、そんなものか。ここはそこまで古くもなさそうだけどな。エレベーターも一応あるみたいだし」

「でも、エレベーターも相当古いよね。いつのだろう、これ」

私は外から一部見えた、深紅のエレベーターを見て呟いた。よく見れば相当な年代物なのか、ほとんど塗装も剥げて、深紅というよりは赤錆色か、茶色に近いくらいだ。

二基あるエレベーターの中の照明も、片方は点滅している。しかも、扉以外にも格子みたいなものまであるようだ。余程大きな物でも運ぶ想定をしたのだろうか。頑丈な造りに見えたが、こうやって見ると古ぼけた牢屋のようだ。

「修理、しないんでしょうか」

「片方使えればそれでいいんだろう」

「使う人もいないのかもね――？」

そう言った矢先、
キィ、キィ――

何かが軋《きし》むような不可解な音が、曲がり角の先から聞こえてきた。思わずびくりとして、私たちは足を止める。マンションの住人に見つかったらまずいという考えは、既になかった。ただ、この状況で誰かいることそのものに、驚いていたのだ。

息をするのも忘れたように、曲がり角を凝視した。そして、
キィ、キィ――

という音は徐々に大きくなり、ゆっくりと現れたのは、ベビーカーを押した若い女性だった。音の正体がわかってほっとする半面、私はなぜか戦慄を覚えた。

女性は私たちを見ても少しも表情を変えることなく、病的に白い肌を黒い服で隠して、しずしずとベビーカーを押していた。その上に赤子が乗っているかどうかなんて、見る余裕はなかった。私はその女の人から目が離せず、思わず挨拶をしてしまう。

「あ……こ、こんにちは」

女性は私に視線を投げることすらせず、頭を小さく動かして反応した。多分、会釈。ぎりぎりそう判断できるくらいの、小さな動き。

その女性がゆっくりと通り過ぎてマンションの闇の中に消えていくと、私たちは

「はぁ～」と深く息を吐いた。二人とも私と同じように、息をするのを忘れていたようだった。

「逢魔《おうま》が時ですから、鬼が出るか蛇が出るかと思っていましたが、綺麗な人でしたねぇ」

「綺麗だったけど、まともじゃなさそうだなぁ。生きてないみたい」

「目が動かない人って、怖いね」

口々に感想を言いながら、血の跡を再び追いかける。血の跡はやがて曲がり、上り階段へと続いていた。私たちはその階段を上っていたが、踊り場で突然由宇が足を止めた。

「どした、由宇？」

「……なーんか、変じゃないですか？」

「何が」

アキは由宇の疑問がわからなかったようだ。由宇は指先を広げて、血の間隔を測るようなそぶりをする。

「平地と階段で、血の距離が一定です」

「それが？」

「血を流すほど怪我をしている人が、平地と階段を同じ速度で歩けますか？　むしろ、階段の方が速いってことですよね」

由宇に言われて、アキははっとしたようだ。私も、不思議に思っていたことを口にする。

「さっきの女の人さ、私たちの通ってきた道を進んだよね？」

「そうだな」

「血の跡は見えなかったのかな？」

自分で言っておいてなんだが、背中が粟立つような嫌な感じを覚えた。いつも強気で正義感のあるアキですら、蒼ざめている。

「なぁ……このまま進んでいいのか？　絶対変だよ、これ」

「……同感ですけど、乗りかかった船ですし……」

「……無事かどうかだけ、確認しようよ。それで救急車と人を呼んだら、私たちは帰ろう」

恐怖を振り払うように言いはしたが、背中にまとわりつくのは恐怖だけではなく、正義感や責任感だった。責任感が枷《かせ》になるなんて、ただ怖いだけよりタチが悪いと感じながら、自由になれるほど割り切ることもできなかった。

血の跡はまだ上に続いている。三階、四階、五階……そして六階に上がったところで、血の跡が再び廊下へと向かった。

「あ」

「自分の部屋に戻ったのか？」

アキが進もうとした時、角に隠れて見えない廊下の先から、ゴン。

という何かを叩きつける音が聞こえた。

ゴン。ゴン。ゴン。

と、一定間隔で叩きつけ続ける音がこれだけ反響しているのに、廊下に並んだ扉からは、誰も外に出てくる様子がない。

何を叩きつけているかなんて、見なくてもわかる。私たちは誰となく顔を見合わせ、そして頷き合って進んだ。一人では、とても前に進むことはできない。

廊下に足を踏み入れ、角を曲がると、五つほど先の部屋の扉に、頭を打ち付ける女の人がいた。間違いない、とは言えないが、屋上にいた人のように見える。腰より長い黒髪に、ややくすんだ黄色のワンピース。頭から血が流れているのか、右肩から腕にかけて鮮血が滴《したた》っていた。あれを追いかけて、私たちはここまで来たのだ。

女の人が、頭を扉に打ち付け続けている。そのたびに、ぴしゃり、と音がして、地面と扉に鮮血が飛び散る。異様な光景を前に由宇が手を胸の前で合わせるようにして、一歩後ずさった。

「あれ……何しているんですか？　絶対ヤバイやつですよね。来なきゃよかったたぁ」

「由宇が真っ先に駆け出したんじゃない」

「とりあえず、止めよう。あれじゃ出血が止まらない。それと、人を呼んで——」

アキが二歩前に出ると、打ち付ける音が突然止んだ。呼吸も忘れたような、一瞬の静寂が不意に訪れ――

そして、女の人がくるりとこちらを向いた。その反応に思わず立ち竦んでしまう。女の人の表情は長い前髪で見えないが、私たちの存在に気付いたからか、数歩下がって扉から距離を取った。

喉が急に渇いてきた。私はかさつく口を必死で開けて、何かを言わなきゃと考えて手を伸ばした。

「あ、あの――大丈夫です、か？」

その言葉に女の人の返事はなかったが、突然扉が「バン！」と開いた。古い鉄の扉は重いはずなのに、まるで木の扉のように軽く、乱暴に開いたのだ。

女の人が、こちらに手を伸ばす。

「――もう、やめ――」

「え？」

まるでミイラが喋ったかのように掠れた声は、上手く聞き取れない。ちゃんと話しかけようとして私がアキより前に出た途端だった。こちらからは見ることの出来ない、開け放たれた扉の向こうから、すっ、と長い手が素早く伸び、女の人を宙に浮かすようにして、無抵抗なままに扉の中に取り込んでしまった。

その直後、開け放たれた扉から響くバキ、ゴキ、という低い音——。

それが骨の折れる音だと認めたくなかった。だって、こんな短時間でそれが連続で聞こえるってことは、人間を力づくで丸めでもしない限り、ありえないんだから。女の人のくぐもった声が聞こえてきたが、それが悲鳴なのだと、すぐには気付けなかった。

私とアキがあっけにとられているうち、悲鳴を上げたのは背後の由宇だった。

「や、いやぁあああ！」

由宇の悲鳴と逃げ出す足音で、私たちは我に返った。骨の折れる音の後に何かを齧《かじ》るような音が聞こえた気がしたが、頭が考えることを拒否した。その考えを認めてくれるかのように、扉が勢い良く閉じられた。響く音に、アキと私は我に返る。

「待って、由宇！」

アキが逃げ出した由宇を追いかけ、踵を返した。私も続いて追うべくくるりと振り返ろうとした時、扉が開く音に足を止めてしまった。

扉が閉じる音に呼応するように、一番奥の扉が勢いよく開いたのだ。十戸くらいは先の部屋だろうか。そして「バン！」「バン！」と順番に九戸目、八戸目と勢い良く開いていく。一戸目の扉は目の前だ。私はその事実に気付くと、四戸目の扉が開いた瞬間に走りだした。

「待って、置いて行かないで！」

私は必死に走ったが、二人より足が遅いことを思い出した。どう考えても置いて行かれる。階段を飛ぶように下りて、アキの足が二階のところで下ではなく、廊下の方に走り出すのが見えた。まさか、由宇は下に下りなかったのか。

「どこに行くのよ⁉」

人間は混乱していると、突拍子もないことをする。そう聞いたことはあるが、想像以上の恐怖に、思わず由宇のことを非難したくなる。

足がもつれて転びそうになるのを必死で持ちこたえながら走るうちに、しばらく先の暗い廊下で泣きじゃくって座り込む由宇と、それを宥《なだ》めるアキに追いついた。

由宇は完全に混乱していて、泣きながらアキの手を必死に握っている。

「さっきの手、手！　虫みたい、じゃない、完全に虫だった！」

「そうか。私は一瞬で見えなかったけどさ、見間違いじゃないの？」

「そんなわけない！　あれは人間じゃなかった。少なくとも、人間にあんなことはできないでしょう？　大の大人を、まるで人形を乱暴に掴むみたいに――」

そこまで言って泣き出した由宇を見て、アキが首を振った。

「たまひ、ちょっと任せていいか？　由宇が完全に混乱してる。私は警察を呼ぶからさ」

「え、ええ。警察にかけるの？」

「血の跡があるんだ、警察だろ？　それとも、救急隊が先かな？　ああ、もう。よくわかんないや」

　アキがスマホを片手に少し距離を取る。

「もしもし——今、大変なことが——そう、丘の上の変わった団地で——ええ、住人じゃないけど——もしもし⁉　くそっ、電波が悪いな——」

　などと呟きながら、離れていくのを他人ごとのように見ていた。その間にも、由宇は私の腕の中で、まだ泣いている。

「由宇、今アキが警察に連絡してるから。もう大丈夫だよ、すぐに来てくれる」

「だ、駄目。駄目ですよ、警察じゃあ」

「何が駄目なの？」

「ここまで来れませんよぅ」

　その言い方は妙だ。時間がかかるのはわかる。だけど、来れないとは？

「どうして来れないの？　そりゃあ、迷路みたいなマンションだけど」

「もう駄目なんです、わかるんです」

「何がわかるの？」

「ここ、二回目なんですよ。前と、全然違うんです」

「二回目？」

　私の疑問と共に、由宇が壁を指さした。そこには、このマンションの掲示板がある。

暗いが、なんとか見えなくもない。古ぼけた明かりが点滅しながら、ようやく掲示板を照らし出していた。そこには真新しいお知らせが、錆びた画鋲で掲示されていた。

「住人の方へのお知らせ――これが、どうしたの？」

「ひ、日付」

「日付――」

視線が掲示板の上に移動する。小さくて見えないので、私と由宇は同時にスマホを取り出そうとする。

「えーと、ここか」

「あっ」

由宇がスマホを落とした。落とした衝撃で明かりが点き、暗い廊下を滑るように遠ざかるスマホを、明かりを頼りに由宇が追いかけた。私はそれを横目で見ながら、由宇の言ったとおり、お知らせの日付を探した。

「日付、日付――これか。えーと、昭和五十五年……昭和？」

もう平成も終わった世の中だ。何十年も前の掲示物があるのはおかしい。それに何十年も掲示しているわりには、わずかに皺《しわ》があるだけで、いやに新しくはないか。

背中を嫌な汗がつたう。そうして掲示板から少し後ずさると、「あっ？」という由宇の声が聞こえた。

「由宇？　どうしたの!?」

私の呼びかけに、反応がない。暗い中、少し離れた場所でスマホの明かりと共に、由宇が立っているのが見えた。もう周囲はすっかり暗くなっていて、スマホがないと由宇がそこにいることすら碌《ろく》にわからない。

「由宇、大丈夫？」

由宇は力なく項垂れていたが、呼びかけに応えるようにゆっくりと歩いてくる。私は由宇に近寄るために前に歩き出そうとして、途端に鼻を突く濃厚な匂いに足を止めた。この匂いは知っている。強烈なまでの、死の匂い。それも、もう死にそうな人から漂う匂いだ。病院にはこんな匂いが溢れているが、それよりも濃厚な匂いが目の前から漂うとは。

「な、なんで……？」

これほどの匂いを嗅いだことは、一度しかない。町中ですれ違った、どこか焦点の合わない目つきのサラリーマン。くたびれたスーツに、何日も洗っていないようなシャツ。絶望を通り過ぎて、うすら笑いの中に妄想としか思えない希望を一点に見つめるその目が怖くて、私は声をかけられなかった。忘れようとしたその十秒後、背後で車のブレーキ音に続いて衝突音が聞こえた。人のざわめき、悲鳴。そして、その匂いが死ぬ直前の匂いだったと知ったのだ。

どうしてそれが、今、由宇から漂うのか。

「ゆ、由宇……大丈夫？」

由宇が高速で二回頷く。その動作にほっとしたのもつかの間、由宇の瞳がゆっくり自分の胸元に向かい、続いて頭が下に向き、その豊満な胸の中心にじわりと夕陽のような赤が広がって——爆ぜた。

顔に何かが飛び散った。冷たくも熱くもないそれは、妙に粘《ねば》ついているような気がした。手をそっとあてがうと、ぬるりと滑って指先が赤く染まった。それが血だとわかりながらも理解を拒否し、自分の呼吸と心臓の音が大きいと気付くまで、三秒。私はいつの間にか目の前に出現した由宇に押される格好で、尻もちをついた。

「きゃっ！」

由宇の背が高くなったような気がする、いや、実際に高い位置に頭がある、と思ったら、急に由宇が焦点の定まらない目で覗き込んできた。その胸元には何か枝のようなものが生えていて、わさわさと動いていることから、それが生き物の一部だということをようやく理解した。背後は暗くて全体像が見えないが、人間を凌駕するサイズの生物が、由宇を貫いて吊り下げているのだ。少なくとも、人間の腕程もある太さの脚を何本も持った、何かが。

その脚が貫いた部分からは詰まりかけたホースのように、血がぴゅっ、ぴゅっ、と情けなく噴き出しそびれていて、私は思わず場違いな笑みを浮かべてしまった。

「へ……ふへへっ」

「……何で笑うんですか、たまひさん」

由宇の目が、息がかかるほどの距離でぎょろりと動いてこちらを凝視する。

「痛いんですよ、これ……とても、とっても……痛ぁあああいぃぃいいい！」

突然ヒステリックに絶叫した由宇と共に、由宇の背後にいた何かが雄叫びをあげた。

由宇が手を伸ばして胸を貫く何かを捕まえたのが気に入らなかったのか、「ソレ」は力任せに由宇を右に、左に、壁に叩きつけ続けた。

「ぎゃばっ、ごぶっ、めが、ねっ」

ここに及んで眼鏡の心配か。ああ、そうか。これはドッキリなんだ。由宇ったらさすがコスプレ好き、迫真の演技だな。あ、でも演劇部じゃなくて手芸部のはずだけど、と思っていたら、私の指先に何かがコロコロと転がってきて当たった。

それが由宇の手から零れ落ちたスマホの明かりで、映し出される。丸くて白くて、中心が黒いそれは、由宇の眼球だった。眼鏡、じゃなくて、目がねぇ、か、などとくだらない正解を思いついた私は、急に我に返ってその場を四つん這いで逃げ出した。

「ひぃいいい」

声にならない悲鳴なのが、よかった。由宇が派手に悲鳴を上げ続けてくれるおかげで、私への注意は向かない。腰が抜けて立てないんだ、もう少し由宇が時間を稼いでくれる。よし、立てるようになるまで、きっと五秒だ。あ、でもあの匂いだと、由宇の命は十秒ももたないはず。あ、じゃあ五秒で立ったんじゃ遅いじゃない――と考えた私に、今度は太い木の枝が当たって落ちた。

それが千切れたばかりで痙攣《けいれん》し続ける由宇の腕だと理解して――スマホの明かりを相手に向けた。向けなきゃいいのに、なぜ向けたのか。人間は、限界が近くなるとわけのわからない行動をするものだと、今実感した。

「ギッ!?」

ソレは明かりが苦手なのか、驚いたのか、由宇を叩きつけるのを止めて、顔を背けた。廊下の天井に頭が届くほどの、巨大な虫。さっき女性を部屋の中にさらったのはこれか、と思い当たると、急に足に力が入ってがばりと立ち上がることができた。

それを見て、由宇が残った右腕の親指を立てて口元を動かした。

「早く～、逃げ～」

ぐしゃっという果実が潰れるような音と共に、由宇が天井に叩きつけられて沈黙した。それを見た瞬間私は沈黙し、虫は私の方に向けて吠えたのだ。

「キシャアアアア!」

空気を震わす咆哮《ほうこう》に、反射的に駆け出した。何の本で読んだか覚えていないが、虫が小さいのにはそれなりに理由があって、もしそのまま大きくなれば人間が及びもつかないほど強靭で脅威の身体能力を持つ生物が誕生するが、同時に人間のサイズになれば虫は構造上動けないということだった。だからきっと人間が走るより遅いはず――そんな期待は、あっという間に砕かれた。

「キシィイイ！」

それは走って、勢い余って、壁を走って。私をあっという間に追い越して、行き過ぎて方向転換をしようとしてつっかえた。まるで私が想定よりも遅くて捕え損ねたと苛立つように、強引に壁を壊して反転しようとしている。

その苛立ち具合が癇癪《かんしゃく》を起こした子どものように滑稽で、そしてまだ腕に刺さったままの由宇の残骸が酷いことになっていて、その残骸から溢れ出る血のせいで滑って転んだ虫が可笑しくて。私は階段を飛びあがるように駆け上がって。何階駆け上がったかわからないけど、息がもう続かないほど駆け上がった後、エレベーターがその階に止まっていることを確認して、スイッチを押した。

「ハァ……ハァ……」

エレベーターの扉は三重になっていて、一番内側からゆっくりと開くようだ。これが昭和のお洒落のつもりなのだろうか。だとしたら、今の時代に生まれてよかったと、心から思う。

「クソッタレ、早く開け！　開いてよぅ！」

私が苛立ちのあまり扉を叩くと、扉が開くのが止まって戻っていく。どうやら衝撃を感知して、動作が止まるようだ。短気は損気、とでも言うつもりか。

「ああっ、馬鹿！」

「シャアアア！」

階下から、先ほどの巨大虫の威嚇音が聞こえた。もうすぐそこまで来ているようだ。もしエレベーターが間に合わないなら、飛び降りるしかない。そう考えた私は、ひょっとしてさっきの女の人も、そうやって飛び降りたのかと思いついた。

ならばなぜ、虫のいる部屋に戻った？　由宇はなんで死ななきゃならなかった？　私、そもそもなんでこんなところに来たんだっけ。そんな取り留めもないことが頭を巡っていると、もう一つのエレベーターが昇ってきた。

希望を感じると同時に気配を感じて振り返ると、既に階段の踊り場に化け物虫がいてこちらを感情のない目で見ていた。そこで初めて虫の形をはっきり見たが、蜘蛛のようだと思っていたその虫は、八本脚に人間のような胴体、そして頭に目がなくて巨大な口が開いているという、悪夢のような姿をしていた。

巨大な虫じゃない、巨大な化け物だ。まるで出来の悪いモンスターパニックか、ファンタジーのようだと思い、私が勇者なら戦う武器を頂戴よ、と文句を言いたくなった。こんな時に、定番の消化器すら周りにありゃしない、と自分の不運を呪った。

「ひぅ」

私は悲鳴にならない声を上げて、尻もちをついて後ずさった。その滑稽な姿を見て化け物は勝利を確信したのか、ゆっくりと追い詰めるように私に迫ってくる。先ほどの速度なら、私がどう逃げたところで殺せる。そう確信したのだろう。

痛くないといいなぁ。あ、でも由宇の死に方を見ていたら、そんな期待はできないなぁ。凄く、凄く痛くて、きっとみっともなく叫ぶくらい痛くて、下手したら化け物相手に命乞いなんてしちゃって。そんな妄想が頭を巡った。

走馬燈は駆け巡ってくれない。家族への感謝の気持ちも思い出せない。私の最後の瞬間は、そんなつまらない終わり方なんだと、絶望した瞬間にポーン、と間抜けな音が鳴り響いた。

「えっ？」

エレベーターの到着音につられて、私はそちらを見てしまった。そして私につられてエレベーターの方を見た化け物の頭が、水平に移動するように壁に叩きつけられた。

「シィイイイイ！」

凄まじい衝撃を与えて飛び出してきたのは、巨大な羽の生えた芋虫のような生物。それがエレベーターから出るなり、化け物に飛びかかったのだ。

不意を突かれた化け物は、壁に叩きつけられ青緑の体液を飛び散らせながら、体の左側が潰されるほど損傷していた。苦悶の声を上げる化け物に、芋虫は二度、三度と体節を曲げるようにして強烈な体当たりを敢行する。

私はそんな現実味のない光景を呆然と眺めながら、化け物の体液が飛び散った所で我に返った。少しでもここから離れないと。気づかれないようにそっと離れようとした時、もう一つのエレベーターがポーン、と場違いな開閉音を鳴らした。

今更なんで。私の非難も空しく、音に反応して巨大芋虫がこちらを向いた。巨大芋虫の体節が伸びて、突進の準備をする。あの化け物にすら一撃で大打撃を与える突進を、人間が喰らえば形も残らない。

先ほど散り散りになってしまった由宇の体を思い出し、思わず吐きそうになるのを必死でこらえた。あとずさってエレベーターが閉まるのを防いでいると、二度目の開閉音に少し芋虫は警戒するも、何事も起こらないと悟ったか、一層体節を伸ばした。その巨体がまさに発射されんとした瞬間、死んだと思われていた化け物虫が後ろから襲い掛かった。残った右側の足を使って、伸びた体節の隙間から芋虫を串刺しにした。

悲鳴のような奇声を上げながら、自らに足が深く突き刺さるのも構わず、芋虫がひたすらに暴れた。化け物は何度も叩きつけられ、胴体から上の部分が千切れそうになりながらも、何度も芋虫の体を刺し続けた。

埒《らち》が明かないと思ったのか、芋虫が方向を変えて相手を廊下側の壁に叩きつけた。その衝撃があまりに強かったせいか、化け物の上半身が千切れて吹き飛ぶ。同時に廊下側の壁にひびが入り、芋虫は勢い余ってその巨体は中庭の宙に舞った。

芋虫の威嚇音が宙に吸い込まれて消える。落下音と衝撃音が響くと私は我に返ってエレベーターのボタンを必死に押した。扉が閉まりかけたその時、その扉に刺し挟まる何か。

「キィアアアア！」

「いやぁあああ!?」

千切れた化け物の胴体が這いずって、エレベーターの中に入ろうとしてきたのだ。必死に「閉じる」のボタンを連打すると、それに応えるかのようにエレベーターの扉が勢い良く、ガンガンと化け物の頭を打ちすえた。

旧式の扉は安全装置などないかのごとく、容赦なく化け物の頭を打ちすえた。中に入ろうとしていた化け物の体から、徐々に力が抜けていく。そして最後は一本だけ残っていた脚のようなものが折れ、頭がメリメリと音を立ててエレベーターに挟まった。

その瞬間、化け物の顔がこちらを向いた。

「……ヨカッタ」

「え？」

人間のような言葉を発したのが聞こえた途端、化け物の頭はエレベーターの扉で潰され、間抜けな開閉音と共にエレベーターが降り始めた。

何が何だかわからない。人間の言葉をしゃべった？　あれは虫のように見えた人間だった？　そんなはずがない、人間ならどうして由宇を襲った？　それとも、人間が化け物になった？　そんなことが現実に起きるはずがない、それは映画やゲームの中だけの出来事だ。それとも、これが由宇の言っていたオカルト話だとでも？

考えても答えの出ない疑問がぐるぐると頭の中を回り、結論は一つも出ないまま、扉が告げる間抜けな開閉音とともに、無意識に扉を出た。見れば、そこは見覚えのある一階。崩れるようにへたり込んだ私の肩を、そっと叩く何かがあった。

「嫌ぁあああ！　殺さないで！」

「お、落ち着いてたまひ！」

振り返ったところにいたのは、驚いたアキの顔だった。アキはスマホを片手に、わたわたと説明する。

「ごめんね、電波を探していたら一階まで来ちゃってさ。でも、警察が来てくれるって！」

「……」

「またですかって、言ってたよ。このマンション、トラブルや事故が色々あるみたい。

一部建物が酷く老朽化しているから、取り壊した方がいいのになぁって。あれ、そういえば由宇は？」

アキの指摘に、私の体がびくりと跳ねた。そうだ、私は由宇を見捨てた。由宇のスマホが転がって滑ったのを見ていたのに、それを放っておいて掲示板を見ていた。あそこで私が由宇の方を見ていれば。あるいは、化け物に気付いて由宇をさっさと引きはがしておけば。由宇が叩きつけられている時にも、時間稼ぎで自分が逃げることを考えていた。いや、もう最初から串刺しにされていたのなら、どうしたって――

「あぁ、あぁぁああ。うぁあああああ！」

「た、たまひ？」

今、由宇が死んだことが悲しい。そして何もできなかった自分の無力さと、友達が死にそうになっているのに、一瞬たりとも助けようとはしなかった自分の醜さに絶望して、私は絶叫した。本当なら、今すぐ逃げなくてはいけない。なのに、心に囚われてただ私はアキに縋って泣いた。

アキはわけもわからずおろおろとしていたが、やがて優しく私の肩を抱き寄せてくれた。ただ、アキのぬくもりだけが今は慰めだった。

# 第二章　迷宮

「……でね、私は必死に逃げてね、それで……」

「落ち着いた？」

「うん」

　みっともなく泣いた後、どのくらいの時間が経っていたのだろうか。少し気を失っていたかもしれないが、少しずつ冷静さを取り戻しながら、見たことを断片的に話していく。思い出すだけで信じられない出来事の連続だったが、とにかく話してしまわないととても抱えていられなかった。

　ひとしきり話し終えると、いまだアキにしがみついたままのこの状態に恥ずかしさを感じ、思わずアキから離れてぱっと立ち上がってしまった。見れば、アキも少し顔を赤らめている。

「ご、ごめんね」

「い、いや。私は全然いいんだけど……警察、遅いね」

「そ、そうだね」

照れ隠しに話題を逸らそうとするが、お互い次の言葉が出なかった。こういう時にスマホは便利だ。互いにスマホを取り出したが、スマホがない時代の人たちはどうしていたのだろうかとふと気になった。もっと心も会話もぶつかっていたのだろうか。それとも、互いに黙って俯いたまま、本心を隠していたのだろうか。

スマホを見つめながらも、何かをしているわけでもなく、心はふわふわとどこかに行ったようだった。それはアキも同じなのか、互いに指が少しも動いているわけではない。照れ隠しに髪をかき上げると、手が髪留めに触れた。そうだ、この髪留めはお守り代わりだと言われていた。触れていると、少し気持ちが落ち着くのがわかる。そのうち、アキがふと思い出したように呟いた。

「……本当に、由宇は死んだのかな?」

「へ?」

アキの言葉に、少し間の抜けた返事をしてしまう。たしかに言われてみれば、おかしな話だ。手の込んだドッキリだと言われた方が、まだしっくりくる。

「私は虫の一匹も見てないし、それにその屋上から飛び出した虫みたいな化け物が、地面に激突した音も聞いてないんだよね」

「そうなの?」

「そうなんだよ。それほど大きな虫なら、落ちた時に凄い音がしたはずだろ? それに、電波を探してたのだって、少しの間だし――」

色々な状況がそぐわないのだと、アキは説明した。さすがいつも冷静なアキ。バスケの試合の時だって、いつもギリギリの場面で皆を落ち着かせるのはアキだった。司令塔役の私よりも、本当の意味で冷静なのはアキの方だと、いつも感心していたのだ。

アキは立ち上がってスカートの皺を伸ばすと、よし、と頷いた。

「探してみよう」

「ば、化け物を？」

「化け物の死骸と、由宇の両方を。案外、身を潜めてこっちを待っているかも。だとしたら、探してあげないと終わらないだろ？」

「そうだけど」

本音は、一歩でもこのマンションの外に出たい。警察を待って、それからもう一度入るならいいと思う。だけど、真実を知りたくもある。先ほどのリアルな光景が、幻だったとでもいうのか。どちらにも足を踏み出せないでいる私の迷いを察したかのように、アキが手を差し伸べてくれる。

「行こう」

「う、うん」

私はアキの手をとって、歩き出した。手を繋いで歩くなんて高校生にもなって恥ずかしいが、今はこの方が落ち着く。

　中庭は来た時にも見ていたが、外からは見えない作りになっている。ぐるりと円形に廊下と建物で取り囲まれ、各棟を繋ぎ合わせる廊下の継ぎ目から空がいくらか見える程度の、開放的に見える閉鎖空間。緑の少ない木が何本か立っているだけで、ベンチもなければ遊具もない。この殺風景な中庭を見て、このマンションがお洒落なんかではないと確信したことを思い出す。

　夕陽の射し込む中庭を見て、アキがぽそりと呟いた。

「……何もないね」

「そう……だね」

　芋虫の死骸はおろか、虫の一匹だっていなかった。閑散としたその光景に、寂しさすら覚えるほどに。私がぶるりと身を震わすと、アキが踵を返した。

「二階に行ってみよう」

「え？」

「どうせ警察に現場の説明を求められる。このマンションは広過ぎて、迷いそうだ。案内もできないと、冷やかしと思われたらたまらないしさ」

「冷やかしだなんて、そんな」

「私の携帯番号は警察にばれちゃったんだ。嫌な覚え方をされたくないよ」

電話をかけると警察に番号がわかる、とは言われたものだが、スマホでも同じなのだろうか。固定電話で悪戯をした中学の同級生が後程、自宅に来た警察にこっぴどく怒られたのは知っているけど。そのあたり、一度警察に聞いてみたい。ま、本当のことなんて教えてもらえない可能性の方が高いけど。

アキに言われた通り、二階に上がる。記憶が違っていなければ、二階で化け物に襲われたはずだ。おそるおそる階段を上る私とは対照的に、アキはすたすたと上ってしまった。緊張がほぐれたせいか、いつの間にか手は離してしまっている。

二階に上がったアキが周囲を見回す。そして階段から離れられないでいる私の方をくるりと振り返り、首を傾《かし》げた。

「ここで合ってるよね？」

「そ、そのはずだよ」

「何もない。血の跡も、虫の痕跡も、由宇の痕跡も」

「そんなはずは！」

恐怖はいつの間にかなりを潜め、私はアキの許に駆け寄った。そして周囲を見渡すと、広くて暗い廊下に、壁があって――私が気を取られた掲示板もたしかにそこにあった。

さっきは疑問に思わなかったが、二階は廊下が壁で覆われていて、中庭が見えない。せっかくのスペースなのに、おかしな造りだと思う。いや、壁のように見えるのはデザインで、まるで縦に潰したエックスのように、交差した壁があるだけで、場所によっては中庭が見えるのだとようやく理解した。よく見れば、廊下の突き当たりには外に出る階段もあるようだ。

私は信じられない気持ちになって、掲示板に駆け寄った。そこには確かに、昭和五十五年の記事が貼ってある。

「ほら、これ！」

「昭和五十五年……うわ、古いな」

「そう、古いの！　それで……あれ？」

アキの言う通り、確かに記事は古かった。黄ばんだ紙はほとんど読むことができず、かろうじて日付が読み取れるくらいだった。記事の内容は、このマンションが格安になって大々的に売りに出されたことを取り上げたもので、入居者が一気に増えるとかなんとか書いてあることがかろうじてわかる程度だった。細かな文字は、もうわからないほどに紙は劣化している。触れると、そのまま一部が崩れてしまうほどだった。

わけがわからない。頭の中がぐちゃぐちゃになりそうだ。さっき見てきた物は、全て幻だったとでもいうのだろうか。それなら、由宇だって無事なはずだ。なら、どこに行ったのか。

混乱する私に声をかけにくいのか、アキが言葉に困っているのがわかる。でも私は今、それどころではない。

「どうしたんだい？」

少し離れたところから声をかけられ、はっとした。そこには掲示板の前に佇む、小さなおじいさん。好々爺といった言葉が良く似合う、人の良さそうなおじいさんが腰に手を当て、扉を開きっぱなしで立っていた。

このマンションに来てから出会った、二人目の住人。しかも話が通じそうだ。だがアキは怪訝な表情で、このおじいさんのことを油断なく睨み据えている。

「扉が開いた音、した……？」

アキの言葉はもっともだが、今はそれよりもこの人に聞きたいことがある。

「おじいさん、このマンションは何？　巨大な虫が私の友達を襲ったんだけど、何か知らない⁉」

「そうかい、そうかい。逢魔が時にこのマンションに来るとは、災難じゃったのぅ」

「逢魔が時？」

逢魔が時って、何だっけ。私が理解していないとアキが感じたのか、そっと耳打ちしてくれた。

「夕暮れ時のことだよ。黄昏時《たそがれ》とも言って、薄暗い時には魑魅魍魎《ちみもうりょう》が実体化するとかなんとか。いや、詳しくは知らないけどさ」

「逢魔が時だと、何がいけないの。おじいさん！」

　アキの説明もそこそこに、私はおじいさんに質問した。おじいさんは人の良さそうな笑みを浮かべたまま、質問に答えた。

「このマンションの住人で、逢魔が時に出歩く者はおらん。出歩けば、何が起こるかわからんからのぅ。住人なら絶対に知っていることじゃよ。だから誰にも出会わなんだろう？」

「誰にも……いえ、一人いたわ」

「おったとしたら、それはまともじゃあない。次に出会っても、声をかけちゃいけないよ。できれば姿も見られない方がいい」

「それより、私の友達の行方は――」

「このマンションでは、人が消える。昔から、このマンションができた時から。いや、その前の時から、ずっと。儂が若い時から、人が消えていった。いや、消したこともあるのか」

　おじいさんが中庭の方を見たまま、私の質問など聞こえていないように呟いた。そしてくるりと自分の部屋に戻ろうとする。

「儂に言えるのはこのくらいじゃ。次に儂を見てもあてにしてはならん。儂もいったい今どんな者なのか、自分でもよくわかっておらんからの。それがこのマンションに関わるということ」

「おじいさん、待って！」

おじいさんに駆け寄ろうとしたが、おじいさんは躊躇《ちゅうちょ》することなく部屋に入っていく。その扉が閉まる直前に扉に手をかけようとすると、おじいさんの視線がこちらを向き、その目が虫のように複眼になっているように見えて、手が硬直したように止まってしまった。

「このマンションに関わるのが初めてなら、何としてでも外に出ることだ。そして二度と関わってはいけない、思い出してもいけない。それが助かる唯一の方法だよ。それでも、いつかは関わってしまうかもしれないけどね。あと、虫が出て来る間はまだいいけど、蝶はダメだ。蝶を見たら、もう逃げられないほど関わったと思った方がいい。そうなる前に帰るんだ。これが最初で最後の忠告だよ、いいね？」

その言葉と共に、おじいさんが優しい目をして扉を閉めた。先ほど見た虫のような目は、気のせいだろうか。慌てて扉にすがりつき開けようとしたが、鍵をかけた様子もないのに、扉は重く開く気配すらなかった。表札には「堂貫」と書いてあるが、これが名前だろうか。珍しい名前だ。

「堂貫さん、おじいちゃん！　開けて！」

諦めきれなくて、扉を叩いて声をかけたが返事はない。耳を扉に押し当てるようにして、中の様子を窺おうとすると、中からたしかにおじいさんの声が聞こえた。

「やれやれ。あの人の関係者じゃなきゃあ、ここまで無理をしないんだけどねぇ。おかげさまでもっと酷いことになっちまうよ、儂は。せっかく上手く逃げおおせたのにぃいいいぃいい」

おじいさんの言葉の最後が、まるで出来の悪いテープの再生のように歪《ゆが》んだ響きになったので、扉を突き放すようにして距離を取った。おじいさんは、私のことを知っていた？　あの人って誰だ、思い当たるとしたら曾祖母か。ひょっとして、曾祖母はこのマンションのことを——この土地のことを知っていた？　何がなんだかわからなくて、一筋の光をつかんだと思ったのに、その光に絡めとられたような気分になった。

その様子を見て、アキが私の方に寄ろうとした時、突然スマホが鳴った。番号は非通知になっている。

アキは私の方を見ながらおそるおそる、その電話に出た。

「はい、もしもし」

「あの、先ほど電話をいただいた女子高生の方ですか？」

「あ、はい。そうです」

「電話をいただいて現場に来た、救急隊です。今マンションの玄関まで来ましたから、今からそちらに向かいたいのですが」

「警察じゃなくて？」

「要救助者がいるなら、我々も必要かと思いまして」

「あぁ、なるほど。まぁ、助けが来るならどっちでも」

アキの声がぱっと明るくなる。ようやく助けが来た、そう思わせるのに十分な出来事だった。私も思わず、手を叩きそうになった。救急隊らしき声が、スマホから元気よく聞こえる。

「今、どちらにいらっしゃいますか？」

「二階です！　二階の廊下に――」

「二階ですね？　わかりました、三人といっ――いえ、四人で向かいますので！　そのままそこにいてくださいね」

「あ、あの。警察の方け？」

「いえ、我々だけです。警察の方は多分、来ませんので。あ、電話はそのままで！おい、急ぐぞ！」

スマホの向こうで、ばたばたと走る音が聞こえる。しばらくして、階段を走り上る音が聞こえた。おそらくは、外階段だ。アキが怪訝な表情でこちらを見た。

「いや、待って。おかしいな――私は警察に電話をしたんだけど。ねぇ、警察と救急隊って、番号違うよね？」

「百十番と、百十九番じゃない？」

「私、怪我人がいるなんて言ってない。先に警察に電話したから、事件が起きた可能性があるとしか言ってないよ。救急隊を呼びますかって聞いたら、それはこっちから連絡するって——だから救急隊が来るのはわかるけど、警察が来ないなんておかしくない？　あと、救急隊って三人一組だよね？　四人組の救急隊って、ある？」

たしかにアキの言う通り、何か変だ。おかしな予感に、背筋を冷たい汗がつたう。

そして、スマホの向こうの音が階段を上り切った音に変わった。

「今、階段を上り切りました！　ああ——そちらにいらっしゃるようにも見えますが、ちょっと手を上げていただいていいですか？」

「え、あ、はい——」

はきはきとした口調に押されるように、アキがおずおずと手を上げた。私はアキの遥か背後を見て、救急隊らしき人影を確認する。彼らはたしかに救急隊のようにも見えるが、二人が担いだ担架には既に誰かが乗ってはいまいか。

先頭にいて、スマホらしきものに耳を当てている隊員は、明るく友達に振るように手をこちらに振ってきた。

「目視で確認いたしました！　では、さっそくそちらに全力で向かいます！」

「あ、いえ。怪我人は私たちではなくてですね——」

「いいですか、そちらに向からので絶対に動かないでください！　いいですか、絶対の絶対ですよ!?　動くと大変なことになっちゃうかもしれないので、命の保証はしませんからね！」

妙に脅迫的な言葉を残して、救急隊員たちが走り出した。駆け足ではなく、全力疾走の恰好で。先頭の隊員なんて、まるで陸上短距離選手のようなフォームだ。それなのに、あまり速くないように見える。まるで、無理矢理人間の真似をしてそのフォームで走ろうとしているみたいに。

滑稽ではなく、ただおかしい。そう言うまでもなく、アキが呟いた。

「そういえば由宇の持ってた同人誌にあった、都市伝説のおかしな救急隊ってアレなんじゃ」

「搬送されると、帰れないってやつ？」

「三人じゃなく、四人って言ったよね。私たちと入れ替わる、誰かを連れてきたってことじゃない？　たしかそういう都市伝説だったはず」

「そんな馬鹿なことがあるわけ――」

だが反論しかけた私は見た。担架の上で包帯にくるまれていた誰かが、むくりと起き上がる姿を。その包帯がはらはらとはだけ始めていたが、その中身を見るべきではないと直感で理解した。同時に漂う、強烈な死の匂い。

「アキ、あれはダメだ！　逃げて！」

「言われなくても、見た目からヤバイ！」

「ああ、動かないで！　動くと、大変ですよぉ！」

救急隊が叫びながら走ってきたが、私たちは夢中で逃げた。外から見た構造が正しければ、この先に外に繋がる階段があると思っていたのに、一番近い逃げ道からは最初に見たベビーカーを押した女性が歩いてきた。ベビーカーを押したままどうやって階段を上ったのかという疑問よりも、先ほどのおじいさんの忠告が頭をよぎる。

（逢魔が時に出歩く住人はまともじゃない――）

私は直感で女の人の背後にある階段ではなく、通り過ぎて別の階段から降りることにした。このマンションの中庭が円形なら、同じ階段が四方にあと二つあるはずだ。そう信じて私は廊下を走り続け、女の人の前を通り過ぎる時にたしかに女の人から死の匂いを感じ取った。同時に、彼女の舌打ちも。

聞こえたのはチッ、という舌打ちだけで、表情を見る余裕すらなかった。次の階段を下って、無我夢中で一直線に駆ける。これで外に出るはずだ――そのはず、だったのに。

「なんで、廊下が続くの!?」

目の前には、新しい廊下と左右の部屋が出現した。先ほどの棟よりもさらに古く、錆びた扉が出現したのだ。そしてしばらく走ると扉は新しくなり、そしてまた古くなった。もう四百メートルくらいは全力疾走している気がする。さすがにおかしい。こんなに広いマンションのはずがない。だけどそれを考えることもできず、息が上がる。これ以上はどこかで速度を落とす必要があるけど、まだまだ終わりが見えない。

「アキ、ごめん。道を間違えたかも!」

「それより後ろ、まだ追って来てる!」

後ろから、救急隊もどきが走ってきている姿が見えた。その疾走する姿はいまだ滑稽なままだが、徐々に速度が上がっているようだ。その表情らしきものが見えたが、全員が顔に包帯を巻いていて、その包帯に少女漫画の王子様のような落書きがマジックで書いてあるように見えた。なるほど、だからイケメンばかりの救急隊だと。悪い冗談にもほどがあるが、得体の知れなさでは虫以上だ。まさか、このままでは追いつかれるのか。捕まったら何をされるのか、想像もつかない。

そんな嫌な予感が湧き上がってきた時、アキが突き当たりの扉の一つを指さした。

「たまひ、そこの部屋! 扉が空いてる!」

「!」

肺が悲鳴を上げていた。部屋の中に、何か化け物がいる可能性がちらりと頭をよぎったが、それよりもまずは一息つく必要がある。それに、「化け物に殺される覚悟」ならもう済ませた。それより、あの得体の知れない救急隊もどきに捕まる方がもっとまずい気がする。

私はアキの指さした部屋の扉に飛びつくと、それを力いっぱい開け、アキが飛び込んだ後に自分も飛び込んだ。そしてアキがいち早く扉を閉めて鍵をかけ、チェーンも即座に降ろしてしまった。

そして扉の内側にもたれるようにしてため息をついた私たちは、扉に伝わる衝撃で扉から弾かれるようにして後ずさった。

「開けてください、救急隊ですよ！　患者さんを搬送しにきました！　要救助者は、どこですかぁ!?」

ドン、ドンと扉を叩きながら、叫び続けるおかしな救急隊。いつの間にかすぐ背後に迫っていたのだ。ここに逃げ込んでいなければ、追いつかれていた。思わず声を上げそうになって、アキが私の口を手で塞いだ。そうだ、こういう時に返事をしてはいけない。とにかく無視するのだ。

私たちは息を潜めながら、おかしな救急隊の声を無視することにした。

「いないんですかぁ？　そんなわけないですよねぇ、呼ばれたから来たんですからぁ！　それとも、悪戯ですかぁ？　悪戯には、後で厳しい罰則がありまぅよぉおおおおお」

扉の先の言葉が、徐々にスローモーションの再現のように歪んでいく。やはりあれは人間ではない。人間の姿を模そうとした、何かおかしな存在なのだ。扉を叩く音がゆっくりになり、そして力も弱くなり、人間らしき言葉も完全に聞こえなくなっていくと、やがて扉の外はしん、と静まり返った。

行ったか。古いマンションの扉にはドアスコープすらないし、郵便ポストは目張りされていて使いようもない。ホッとして息を大きく吐いた瞬間、鉄の扉がまるでガムかゴムかのようにぐにゅう、と変形して人の顔の形になった。その顔がまた、映画俳優のデスマスクをとったかのように、格好良かった。

「知らないよ、どうなっても」

そう告げて、顔は引っ込んで消えた。外からは騒ぎながら救急隊が去っていく足音が、わざとらしいほど聞こえた。

「助かりたくないんだってさー」

「なんだー、悪戯かー。急いでやってきたのに、不搬送かよ～」

「ちょっとくらい刺したり開いたり、捩《ね》じったりするくらいなのにねー。どうして嫌がるんだろうねー？」

「痛いのは三日間くらいだよねー。あとは何も感じなくなるしー。このマンションで永遠に苦しむ方がいいなんて、マゾだよねー」

「あれじゃ助かるものも助からないよねー」

「「ねー」」

「これどうするー？　担架の上のやつー」

「もういらないんじゃないー？」

「じゃあここでバラして処分しとくー？」

「賛成～」」

「「「せーの！」」」

外では無邪気な笑い声と、何かを引き裂く音が聞こえた。そして声にならないような悲鳴も、同時に。外では無邪気な救急隊もどきの声が、「右腕」「左脚」「右耳」「左肺」「肝臓」などと楽しそうにはしゃいでいる。

何が起きているか知りたくもないし、聞きたくもないと思って耳を塞ぐ。そうしてアキと抱き合うようにして耳を押さえて震え、どれほどの時間が経ったのだろうか。もう何も聞こえないとアキが教えてくれて、ようやく耳から手を離した。そして顔を上げると、アキが部屋の奥に向かうところだった。

一見れば、完全な空き部屋というわけではなく、誰かが住んでいた生活感がある。一人用のテーブルの上に散乱した水と、食べかけのパン。まだカビがきていないところを見ると、何日も経っているわけではないのだろう。

床にもペットボトルの水が置いてあるが、基本的に非常食しかなくて、家具すら最低限のものしかない。持ち込んだ雑貨も段ボールから出していないのか、ベランダに続く窓の前に積んでいる。この分ではベランダは一度も使ったことがないだろう。ここに住んでいる、というよりは仮宿みたいなものなのだろうか。その証拠に、ベッドではなく、寝袋が床に置いてあった。

ハンガーに掛けてあるシャツを見る限り、男性が住んでいたようだ。料理はしないのか、ヤカン以外の調理器具は見当たらない。だが小物にはこだわりがあるのか、カウンターの上にはお洒落な小さな宝箱を模した小物入れとペーパーナイフ、そしてアンティークにしか見えない黒電話があった。壁のコルクボードには色々な記事が乱暴に画鋲で刺してあって、マーカーが引いてある。

「何かを調べていた……？」

「そりゃあ、このマンションに関わる何かだろうね。とりあえず怪しいものはなさそうだし、一安心かな」

「安心するには早そうだけど、少し休憩しよう。そうしないともう走れないよ」

へたり込んだ私を見て、アキが微笑むように同意する。そういえば喉が渇いたような気もするが、人様の飲み物に手をつけるわけにもいくまい、と思っていたらアキが遠慮なく新しいペットボトルを開けていた。

「ア、アキ。それ、この家の人のじゃ」

「もういないんじゃない？　それに、扉を開けっぱなしにしている段階で、何を盗まれても文句は言えないと思う」

「それはそうだけど」

「見たこともないデザインのペットボトルだけど、変な味はしないよ？　たまひも飲んだら？」

「いや、遠慮するわ」

きっぱり断って、コルクボードの記事を一つ一つ眺める。一方でアキはごくごくとペットボトルからラッパ飲みをしながら、テーブルの上にあった手帳をぱらぱらとめくり始めた。真面目なのに、妙なところで遠慮がないんだよなぁ。だから私と仲良くなったんだろうけど。

そうして数分も経たない頃、アキが呟くように意外そうな声を出した。

「え、嘘でしょ」

「どうしたの、アキ？」

「これを見て、たまひ」

アキが見せてきたのは、手帳の最後。裏表紙の裏に、あった名前。そこには、『記嶋』と書いてあった。

「これが何？」

「記嶋っていったら、中学の時のクラスメートじゃんか！」

「え、えーと……いたかな？」

「うっそだぁ、覚えてないの!?　一時期たまひのことを好きだったとかなんだとか、噂があったよね？」

　そう言われても、当時の私はバスケに夢中だったし、特に恋愛にも興味がなかったし。騒いだのは周りだけで、私は告白もされていなければ、なんならクラスメートの名前も怪しいんだから。でも、たしかにそういった名前の同級生はいたと思う。影が薄くて覚えていないけど。いや、印象深くても覚えてないな。クラスでいつも皆を笑わせようとしたのは田中君だっけ、それとも鈴木君だったか。あ、だめだこれ。

　そんな私の思考を理解したのか、アキが残念そうにため息をついた。

「たまひってさ、他人に凄く無関心だよね。私、よく友達やれてると思うわぁ」

「お、覚えているよ、一応！　いつも机に座ってなにか書いてた――漫研？」

「違う、歴史研究会。フィールドワークが主体で、結構体力もあれば行動力もある奴だよ。この町の歴史とか、他の町の史跡とかを調べて終業式で表彰されてたろ？」

「そうだっけ？」

「ダメだこりゃ」

　アキが肩を竦めて首を振った。なんとか私は名誉挽回しようと、必死で記嶋君の記憶を手繰り寄せた。

「たしか、凄く珍しい苗字なんじゃなかったっけ？」

「そのくらいは覚えていたか。たしか、本人の家と親戚の数軒くらいしか日本にいないって」

「じゃあ、ここが記嶋君の家？」

「いや、違うね。あいつと私の家、近いから知ってるけど違うよ」

「じゃあこの手帳は、記嶋君のお父さんとか？」

「その可能性はあるけど、たしかアイツの家って、母子家庭だったはず。お父さんも生きているけど、浮気して出て行ったとか言ってた」

「じゃあ親戚の誰かがここに……？」

「ちょっと興味が出てきたね。見てみよう」

アキが促したので、最初から記述を見ることにした。文字は達筆で、はっきりと書いてある。ただ、どれも迷ったり急いだりしているのか、ところどころ記載が乱れているところがあった。あるいは動揺していたのだろうか。

手帳の最初にはこう書いてあった。

「正式なレポートはまた別に提出するが、こちらには私的な感傷と推察を記載することにする。レポートは順次業田教授のゼミに送り、後輩に託す。彼らなら、真実にやがて到達できるかもしれない。そしてこの手帳をやがて誰かが見つけてくれんことを、あるいはあの人の許に届かんことを。いや、ちょっとそれは叶ってほしくもあり、気恥ずかしくもある」

「誰に言い訳してるんだ、これ。シャイなのか？」

「アキ、次をめくって」

なぜかこの文章に私は惹き込まれた。別に上手いとも、なんということもないのだが、ただ真摯な感情が伝わってくるからだ。

「このマンションのあった土地はそもそも、旧日本陸軍の傷病者収容施設に端を発する。ここでは結核、脚気、ライ病、野兎病、その他色々な感染症や、戦争で精神疾患をきたした患者の治療法を研究していた。戦後も精神病院として稼働していたが、その際には一応民間委託という体裁をとりつつも、その内情はほとんど行き場を失くした旧日本軍の医療部隊が失職しないようにと考えられたもののようだ。かしげ病の研究もしていたらしい」

「かしげ病？」

私の疑問に、アキがため息をつく。

「たまひ、本当にこの町の出身かな？　この町の工場で起きた奇病で、全国区でも報道されたことがあるだろ？　数は少ないけど、四大公害病と同じ時代だから、市民が結構な抗議運動を行政相手にやったって、中学で習ったじゃんか」

「そ、そうだったような」

「ま、私たちが生まれる頃には、もう運動らしい運動はやっていなかったんだけどね。患者もほとんど死んじゃったらしいけど、未だに数年に一人くらい新規患者が発症するから、まだ公害の原因がどこかにあるんじゃないかって」

「原因って？」

「汚染水とか？」

アキもそのあたりは知識が曖昧のようだ。だけどこの手帳の記述が本当なら、ここが公害の原因だったのではないか。手帳はその疑問に答えるように続いていた。

「正直、当時は医療設備の不足や金銭的問題もあり、また倫理的規定もなかったせいで、かなり非人道的な試みが多数なされたらしい。あるいは、特殊部隊の功績を上回りたかったのか。結果として、少なくない患者が死亡し、組織はその事実を隠蔽しようとした。まぁ、戸籍なりなんなりが戦争で焼けてしまい、土地の証文や戸籍すら二束三文で売られた時代のことだ。少々の隠蔽はさほど難しくもなかったはずだが、数が数だ。彼らには罪の意識もあったのだろう、あるいは誰かが良心の呵責からどこかに告発しやしないかと。そうした疑心暗鬼の結果、彼らはとんでもないことを思いついた。その施設の上に高台と称して隠れ蓑を作り上げ、その上にさらに巨大住宅を建設したのだ」

「え？」

「それが……このマンション？」

たしかに、坂が不自然に急勾配だとは思ったのだ。次の手帳のページには、小さくコピーした戦後の風景図が貼ってあった。たしかに当時、この土地にこんな高台はないようだ。施設自体は山を切り拓いて作ったようだから、物は言いようなのか。

旧施設を埋め立て高台を立て、周辺の住人には土地を与えたり食料の援助をしたりすることで、実質的な口封じを行った。そして、実験を主導した人間たちはこのマンションの住人となった。同時に、それを悟られないためにマンションを大きくし、安く提供して他の土地からも人を呼んだ。信じられないことに、このマンションの部屋が全て売り切れていたこともあったらしい。

だが、間もなく異変は起きた。

「変な音が聞こえたり、見たこともない新種の昆虫が多発したり、精神を病んだり、妙な病気にかかったり……これ、本当かな？」

「本当も何も、かしげ病ってここ発症なんでしょ？」

「あ、そっか」

「子どもにも、風変わりな子が多かったとか書いてあるわ」

それは奇形的な意味だけではなく、奇妙な力を有していたり、いわゆる「鬼子」と呼ばれる猟奇的な性格をしたりしている子どもも生まれたそうだ。

マンションの理事会のメンバーは、対策を講じた。問題が起きた住人には、補償金を与えて起きたことを黙ってもらう代わりに、土地や家、仕事の手配までしたそうだ。

「そうして、人が段々といなくなっていった……」

「完成して十年で、マンションの半分が空になったって」

そこには走り書きで、マンションの理事会のメンバーの名前が書かれていた。おそらくはそれが、旧施設の関係者たちなのだろう。メンバーの名前は、淡味、茂木橋、弐宮、堂貫、玉鬼――

「待って、堂貫!?」

「さっきのじいちゃんか!」

先ほど遭遇した人物が、このマンションの理事会の人間だった。だからまだここに住んでいるのか――いや、戦後からこのマンションがあるなら、旧棟はすでに七十年近くが経過しているはずだ。その当時から生きていないとしても、息子などの血縁者だろう。当事者ではないはずだ。

そこにはさらに写真も小さくコピーして貼ってあった。スマホの拡大鏡で確認して、ようやくわかるくらいの小ささ。原本ではないせいか、小さくて拡大してもはっきりとは見えない。
「これ――さっきのじいちゃんにそっくりだ」
「どれ？」
「中心の方にいる、ほら」
アキが指し示したのは、朗らかに笑う壮年の男性だった。先ほどのおじいさんより
は十歳以上若いだろうが、たしかによく似ている。
「似ているけど、なら余計に同一人物じゃないよね」
「そっかぁ、そりゃあそうだよね。数十年は経ってるか」
アキが頭をかく。他にもそこには多数の人間が映っているが、剃髪している人たち
は患者なのだろうか。顔に生気が乏しく、皆病服のように同じ服を着ていた。セピア
色なので詳細はわからないが、そこにいた若い女性に少し見覚えがあるような気がし
た。
「これ、誰かに似てるなぁ……誰だろう」
「うーん、知らないなぁ。強いて言うなら、たまひに似てない？　ほら、目元とか」
「えー、そんなことないよ。こんな昔の写真じゃわからないし、こっちの人なんてア
キに似てない？」
「髪型だけでしょ！」

アキに小突かれて、私は少し笑った。緊張がほぐれてきたような気もするが、空元気に過ぎない。だけど笑っていないと、罪悪感と恐怖に押しつぶされそうになる。そんな私を嘲笑うかのように、手帳に書かれていることは緊張感を増していく。

この町に起こる不可解な事件。それに伴って流入してくる、正体不明の組織。統計上よりも多い行方不明者、転居者、転入者。このマンションに関わった多くの住人が、その後行方が知れなくなっていることも、この記嶋という人物は追っていた。

「よくもこれだけのことを調べたね」

「刑事か探偵みたいだけど、執念がなきゃあできないね」

記嶋が追ったのは、実に二百世帯超、八百人近いマンションに住んでいた人間の現在。そのほとんど全てが、行方不明か死亡だと判明していた。もちろん自分の力不足もあるだろう。だけど、無事な人間がほとんどいないというのは、どういうことなのか。無事なのは、養子縁組をしたか、遠縁の者だけだと突き止めている。

まるで呪われているようだと、記嶋は書いていた。同時に、この結果をある人物に定期的に報告していた節がある。記述を見る限り相手は女性らしく、しかも想い人のようでもあった。

その人物は主に、マンションの外で調べ物をしていたようだ。どうやらかつて、このマンションに関わった友人二人を失ったことがどうしても忘れられず、記嶋に依頼をしたとのこと。記嶋は元々この場所に興味を持っていたが、そのことがきっかけで本格的に調査を始めたらしい。

ただしこのマンション、いや、この場所に直接関わるのはとても危険だと、忠告も受けている。記嶋はそのことを調査の中でも実感として理解しながら、このマンションに直接乗り込んだようだ。

「あの人には危険だと何度も言われたが、これ以上は自分の足で調査をしないと真実はわからない。私は直接このマンションに足を踏み入れるだけではなく、住んでみることにした。方法は簡単だ、駅前から少し外れた不動産屋では、いつもこの物件を格安で提供している。もっとも、その不動産屋で働く社員はなぜこんなことをしているかは知らないようだが、このマンションの理事会の関係者の息がかかった不動産屋であることは調べがついている。ただ、いかに格安とはいえ、内見なし、一発即断を条件とする物件につられる人間がそれほどいるのかとは思うのだが――貧困にあえぐ人間なら、行方不明になっても社会的に抹消しやすいということか」

記載は次に飛ぶ。なぜか手帳が二頁《ページ》ほど破られていた。色々と書こうとしては、塗りつぶした跡がある。余程感情が乱れたのか、次は言い訳めいた書き出しになっていた。

「このマンションでの調査が本格化するにつれて、帰れなくなる可能性が出てきた。恐怖に怯える僕を見て、お守り代わりとして、思い出と、身を守るものを一つもらった。これで多少の危険でも勇気を失うことはないだろう。感謝を述べたかったが、恥ずかし過ぎるのと、あの人の名誉のために破り捨てた。無事この問題を解決できたら、勇気ある人間になれる気がする。そうしたら、きっと――」

「あ、これ死亡フラグってやつだ」

「アキってば」

　アキの脇腹を小突いて、読み進める。

「実際に住んでみると、普通の物件だった。棟によっては割と設備も新しく、きちんとリフォームもされている。水回りも気にならないし、日当たりも悪くない。むしろ高台にある分、窓からの景色はとても綺麗だ。住人も思ったより多い。ただ、鍵を渡される時に管理人や不動産屋ではなく、なぜか理事会の会長が同席した。そして不思議なことを告げられたのだ。夕暮れ時にはこのマンションに戻って来るな、と。戻るなら昼か、陽が沈んでからにした方が良いし、そうすべきだと言われた。理由は教えてもらえなかったが、会長の堂貫さんの目は真剣だった」

「さっきのおじいちゃん、会長さんだったの？」

　私の驚きもよそに、そこでふとアキが外に視線をやった。そのまま外の様子をじっと見守ったかと思うと、スマホをいじって何かをしているようだ。私はそれよりも、記嶋の手帳に目を奪われ始めていた。

「驚くことに、堂貫さんは誰かに頼まれて私のことを気にかけてくれていたようだ。これもあの人の人脈なのだろうか。堂貫さんは、この土地のことを全て知っていて、その秘密の重さに潰れかけているように見えた。ひょっとすると、私や誰かが全てを暴いてくれることに期待しているのかもしれない。私は土産物や酒をもって堂貫さんのお宅をちょくちょく訪れることにした。どうやら彼にも家族はいたが、このマンションを出た家族は全て四散して、連絡が取れなくなったらしい。そして確証はないが、皆死んでいるだろうと言っていた。彼も、この土地に関わった者の末路を知っているのだ。だがどれほど酔わせても、彼の口から真実が語られることはなかった。ただ一言だけ、真実には自らたどり着かなければ意味がない、自分だって信じたくないのだから、と」

やはりさきほどのおじいちゃんは、この土地で起きていることの全てを知っているのだ。だが、どれほど問い質しても真実は教えてくれなかったとのことで、記嶋は別の方法で真実に近づくため、色々なアプローチを試みている。その精力的な活動たるや、大したものだ。本職がフリーランスのライターだそうで、時間に自由がきくことも大きかったのだろう。

図書館、行政機関、大学の研究室、史跡、電力会社、建設会社、民間救急隊、果ては噂ベースの同人誌の即売会にまで彼は赴いている。そこで集めた情報を基に、とんでもない考察を始めたのだ。ある頁には、迷宮、再生、異界、という三つの単語だけが、大きく丸で囲ってあった。これが何を意味するのか、次の頁をめくろうとしてアキが呆然としたような声を発した。

「ねぇ、たまひ。今何時だっけ?」

「え?」

言われた意味がわからず、スマホで時間を確認する。時刻は十九時半を過ぎたところだ。思ったよりも時間が経っていると感じたが、経験の濃さはそれを遥かに凌駕する。

時刻を伝えると、アキは自分のスマホを見せてきた。そこには二十時四分と表示されている。時刻がずれていることも妙だとは思ったが、それよりアキがカーテンを開け放して絶望した表情でこちらを振り向いた。

「もうすぐ夏が終わる時期だよ? この時間に、どうして日が暮れてないの」

「あ――」

外は未だ、夕暮れのままだった。この時期、十八時半には外は真っ暗だ。これはおかしい。まるでこの場所だけ世界から切り離されたような――そう感じた途端、黒電話が突然鳴り響いた。

ジリリリリン! 昔、父の実家にあった電話の音だ。かつての記憶が呼び起こされる。そうだ、大叔母はどうやって死んだのだったか、私は知っているはずだ。とても、とても不可解な死に方をしたはずだ、そう皆が言っていた。たしか、行きもしない山の上から滑落して、見つかった時には死体は虫に食われていたせいで酷い有様で――

私は呆然としながら、二度、三度と鳴るその電話を取った。アキが止めるのも、気にならなかった。

「はい、記嶋です」

なぜか手帳の人物を名乗っていた。電話の向こうの相手が驚いたように息を呑むのが聞こえた。

「は、あの――どちら様で？」

「あ」

言われて、私たちが不法侵入していることを思い出した。もうそれが通じるかどうかはわからないが、アキが身振り手振りで電話を置くように指示している。私もそうしようとしたが、向こうの電話の主がそれを止めた。

「待って！　たまひさん、なのか？」

「え？」

私のことをたまひ、と呼ぶのはごく親しい人間だけだ。友達ではアキと由宇しか呼ばない。それが男の声で呼ばれるとなると、経験がない。思い当たる節のないその声の主は、見事に私の手を止めることに成功した。電話を置く理由は、もうない。

声の主が電話の向こうで喜び、そして少し泣いたような声になった。

「ここまで来てしまったのか――いいかい、すぐにそのマンションを出るんだ。そのマンションにいては駄目だ」

「そんなことはわかっているけど、出られないの！　外には変な救急隊がいるし――」

「待って、もうそこまで深入りしたのか？　それになんだか声が――」

声の主は電話の向こうで、ああ、と一人納得したようだった。そして息を呑み、その時間で何かを考えついたようだった。

「そうか、君に何を言ってもまだわからないだろうね。信じてすらもらえないだろう」

「教えて、私たちはどうすれば出られる？」

「たち？　他にも誰かいるのか？」

「アキがいるわ。私の友達が――由宇はもう、殺されてしまったけど」

泣きそうになる声を押さえ、必死に訴える。この声の主は味方だ。その確信が、不思議とあった。声の主は、こちらを励ましてくれるように強い声で話しかけてくる。

「そうか、アキさんが――由宇さんは駄目だったのか」

「アキのことも知っているの？」

「ああ、よく知っているさ。でも今は時間がない。そこの手帳は全部読んだ？」

「まだ途中だわ」

「全て読むんだ。彼らはシカイセンなる存在を、異界から侵食してくる虫を媒介に人造で作ろうとして、アムリタに手を出した。結果として死蝋兵ができたけど、だからこそまだ由宇さんも駄目じゃない」

「シカイセン？　アムリタ？　死蝋兵？　わけがわからないわ。由宇が駄目じゃないって、どういう意味!?」

理解できない単語の羅列に混乱する。そして電話の主がそれを説明しようとした瞬間、向こうで小さい悲鳴を上げた。

「うわっ、馬鹿、やめろ！　水も窒息も火もいいけど、虫は駄目だ！　それはもう嫌だ！」

「ねぇ、どうしたの？　ねぇ!?」

「たまひさん、僕はもう駄目かもしれない！　手帳と、ひいおばあさんからもらった髪留めが最後の鍵になるかもしれない！　それだけは手放さないで！」

「なんで――」

髪留めが曾祖母の形見だって、どうして知ってるの。それはアキしか知らない。由宇にもまだ言っていないことなのに――そう聞く暇もなく、電話の先からは絶叫のような悲鳴が聞こえてきた。

「嫌だ、やめて、食べないで！　ゆっくり齧らないで！　これだけは何回――あぁああああ！　いっそ、殺せぇえええええ！」

咀嚼音がしばらく続いたかと思うと、ブッ、という音と共に電話が切れた。電話の向こうで人が今、死んだ。しかも味方だった。ここから出る鍵を教えてくれるかもしれなかった人なのに。

私はリダイヤルしようとして、電話がつながらないことに気付いた。見れば、端子がそもそも繋がっていない。さっきの電話だって、本来繋がるはずがないのだ。そして黒電話に、リダイヤル機能などない。私はそっと電話を置いた。

「たまひ、今のは――」

「わからない。でも手帳が鍵になるって――」

電話の内容をアキに説明しようとして、ジリリリリン！　と、再度電話が鳴った。電話は繋がっていないことを確認している。黒電話を握ったままの私がびくりとし、青ざめるアキが後ずさるが、私はさっきの声を聞きたくてもう一度電話を取った。

「はい、もしもし。たまひです」

返事がない。その代り、ずっと向こうで、がさがさと何かが這いまわるような声が聞こえた。

「もしもし、もしもし？　私はここですけど!?」

「た、たまひ……」

アキが後ずさりしながら、黒電話の方を指さす。その黒電話のコードが、不自然にボコボコと盛り上がっていく。いや、盛り上がっているのではない。中から何かが這いずり上がってきているのだ。

「たまひ、離して！」

「！」

黒電話を放り出すと、受話器から芋虫のような小さな虫が次々と勢い良く飛び出してきた。まるで蛇口の壊れた噴水のような勢いで噴き出し始めるのと同時に、窓の外にも埋め尽くすかのように虫が張り付き始めた。

「きゃあああ！」

「たまひ、外だ！　玄関から！」

アキの叫び声に呼応するように、私も走りだした。アキはこんな時でも私を先に行かせようと、その背中を押してくれた。私は視界の端に入ったテーブルの手帳を取ると、スカートの中にねじ込み、玄関に走った。鍵を開けようとするが、手が震えて上手くいかない。その間にも、蛇口から、排水溝から、トイレから、風呂のシャワーノズルや排水溝から虫が噴き出してくる。その勢いの余り虫は互いにぶつかって潰れ合いながら、見る間に部屋に溢れ出した。

「たまひ、来てる来てる！」

「あ、開かないの！」

鍵は開けたのに、扉が開かない。涙目になりながらノブをガチャガチャと揺らして、扉を叩きながら叫んだ。

「やだ、ここから出して！」

「たまひ、チェーン！」

言われてはっとした。出かける時によくやるやつだ。私はチェーンを外そうとして、足元にもう虫がまとわりついていることに気付いた。水位ならぬ、虫位が見る間にせりあがってきて、あっという間に膝まで埋まる。

「やだやだ、気持ち悪い！」

「たまひ、早く！」

古いタイプのチェーンが開かない。鍵を閉めたのはアキなのだから、先に行ってもらえばよかった。業を煮やしたアキが自らチェーンを開け、勢い良く扉を開いた。その虫の勢いに押されるように扉の外に突き飛ばされた——と思ったら、突き飛ばしたのはアキだった。

私は勢い余って壁まで吹き飛び、虫たちも押されてその辺に転げ回る。そしてアキも来ると思って——アキは虫の中に引き戻されて行った。

「——え？」

「――たまひ、無事で」

アキの笑顔が虫の大群の中に埋もれて消えた。そして扉が勢い良く閉められ、中からアキの絶叫が一瞬だけ聞こえた。

「いやぁあああ！　アキ、アキ！」

「あら、お友達が連れ去られたの？」

「そうなんです、私の友達が――」

私は誰が声をかけてきたかもわからずに返事をして振り返り、その瞬間に頭を何かで殴られた。感じたこともないその衝撃の強さに、受け身も取れずにさらに地面でも頭を打った。普通は痛みが襲ってくるはずなのに、それもない。代わりに全身に力が一切入らず、痙攣している。あ、これまずいやつなんじゃ――私が思う前に視界に赤い緞帳《どんちょう》が下りてきた。なんで見えな――あ、これ、私の血か――

思考にも力が入らず、ただ視界に入った黒いミュールとベビーカーの脚が、誰がこれをやったかを教えてくれた。

私の頭を殴りつけただろうその女の声が、頭上から聞こえる。

「あ、もしもし――救急隊の皆さん？　はい、例のマンションの――ええ、要救助者ですわ。え、さっきも行ったのにって？　それがお仕事でしょう。それに、今度は動けませんわ。ええ、それではよろしくお願いしますね」

パタン、と何かを畳む音が聞こえる。スマホじゃない、ガラケーか。もうガラケーは生産が止まって久しいはずなのに、まだ使っている人がいるのか――と考えていると、女の声が上から降ってきた。

「よかったわね、すぐに救急隊が来てくれるって。五体満足で連れていかれる人は珍しいわ。これでお友達も大丈夫かもね、一緒になれるわ。ここまで来れるのは上出来よ、あそこは一度、見ておくべきだから」

何を言っているんだ、訳がわからない――私の意識は、そこで完全に暗転した。

＊＊＊

意識が朦朧《もうろう》とする。目が開けられない、いや、開けても暗闇なのか。他人ごとのように意識が朦朧とする中、体がふわふわと浮いていた。それが紐のような物で吊り下げられていると気付いても、体を動かすだけの気力も湧かなかった。

頭も体も、心も重い。私は眠ってしまいたい衝動に駆られ目を閉じようとして、体がゆっくりと動いていることに気付いた。

（……どこかにゆっくりと下げられている？）

それだけはかろうじてわかったが、光の一筋も射さない暗闇では上下左右すらもよくわからない。その中で、闇に咲く大輪の赤い華を見た。見たこともないその華は幻想的と言うよりはただ非現実的で、中心にはめしべではなく赤い女が立っているようだ。

(あ……綺麗)

疲れ切った私には、それが女神に見えた。その女神は動けない私の頭をそっと撫でた。何度も何度も丁寧に撫でるその様子は、まるで赤子をあやす母のようだ。

もういいかな。癒される感情のままに、全てを投げ出したくなる。私は小さく息を吐いて、小さく呟いた。

「もう、疲れたよ」

その言葉に手が小さく止まり、また再び頭を撫で始めた。その手からは何かの液体が滴っていたが、決して気持ち悪くはない。むしろ、傷も疲れも、嫌な思い出すら何もかも癒されるようだ。このまま眠ればさぞかし気持ちが良いだろう――頭がかくん、と揺れたところで、髪留めが相手の手に触れた。その瞬間、女が悲鳴を上げたのだ。

「アァアアア！」

その声に、今までの優し気な女神のイメージが消え、再び暗闇に戻る。悲鳴に私の意識も戻ると、私は思わず叫んでいた。

「そうだ、アキは？　由宇は？」

そうだ、手帳の続きも読まないと――それに、ここから出ないと！　気力が再び復活すると、それに呼応するかのように足元が赤く光り始めた。駆動音を伴うそれは、決して花ではない。これは――いったいなんだ？

その疑問と共に、私の頭の上から喉に突き抜ける衝撃があった。

「――え？」

最期の瞬間というものは、実にあっけないものだと聞いたことがある。臨死体験ならまだしも、最期の瞬間を知っていることがどうして体感として文字に残せるのかという疑問に対し、大抵のオカルト本にはその解説がないのだと由宇が語っていた。

ああ、だけどわかる。これは私の最期の瞬間だ。流れ出るのは血だけではない、命だ。頭を貫かれて、どう、して、人間――が、生きて、られ……悔し、い、な。ごめ、ん。

私の疑問も後悔も、そして誰に謝ったのかも曖昧なまま、赤い光とともに掻き消えていた。

＊＊＊

夢を見た。曾祖母の膝の上で、優しく頭を撫でてもらう夢。父や母にそんなことをしてもらった記憶はない。だから、これはきっとあの時の話だ。だけど、少し手が曾祖母のものと違う気がする。それを懐かしいと思うのはどうしてだろう。この手の人は、きっと誰よりも私を理解してくれる。そんな安心感と共に、私はそのまま眠りに誘われていった。

醒めなければいい。そう思えるほど穏やかな眠り。だが手の持ち主が語り掛ける、本当にそれでいいのかと。頭を撫でてくれていた手が、突如ぴしりと背中を打った。なんで。私が少しむっとして顔を上げた時に、目の前で得意気に笑う誰かの顔を見た気がする。

＊＊＊

「どうしたの、たまひさん。ぼーっとして」

「はっ⁉」

私を覗き込む由宇の顔が目の前にあった。思わず飛び退くと、壁にしたたかに頭を打ち付けた。その行動を由宇が心配そうに見ていて、電話をかけに行こうとしたアキがその手を止めて振り返る。

現実が理解できない、さっき死んだはずだ。なのに、まだ痛いと感じることができる。私が頭をぶつけた壁を振り返ると、あの古いチラシが貼ってあった。ここは、マンションの二階か、そうとしか思えない。どうしてここに？　どうして生きている？

動悸が止まらない。わからないことばかりだ。

私の頭――ある。傷は、ない。手が再び髪留めに触れた。これに誰かが触れて、叫んだ？　守ってくれた？　それとも。その直後、頭を上から下に貫通する感覚を思い出して、息が詰まる。誰かの手が触れた記憶が甦《よみがえ》る。あれば誰だったのか。ただ一つ確信を持てることは、あの穏やかな眠りの名前は――死だ。

「私――さっき、死んで。死んだよね？」

「？　おかしいたまひさん。たしかにびっくりしましたけど、私たちはまだ死んでませんよ？」

「だって、由宇もアキも私を残して死んで――」

「おいおい、不吉なことは言いっこなしだよ。よくわかんないけど、びっくりして逃げたのはたまひだろ？　私と由宇が驚くほどの速度で、飛ぶように逃げたじゃないか」

アキがしょうもない、とでも言いたげな表情でこちらを見て呆れていた。由宇も非難がましい目つきで、腕をわざとらしく組んでこちらを非難してくる。

「そうですよぉ。『もう無理！』とか叫んで、私たちを置いてけぼり。何を見たかも教えてくれないし、逃げる時に私のおっぱいを突き飛ばしたんですからね。責任はとってもらいますよ～？」

「せ、責任って……結婚とか？」

私の見当違いな答えに、由宇もアキも大笑いする。

「あっはっはっは！　たまひさんを奥さんにすると、可愛いと思いますけどねぇ。私は結婚するなら三高と決めてますから！」

「その言い方、いつの時代だよ」

「三高？　三ケージゃなくて？」

訳がわからなかった私を見て、余計に二人は大笑いする。

「だ、駄目だぁ。あんまり笑わせないでよ、たまひぃ」

「た、たまひさん。知らないんですかぁ？　三ケー男子をわざわざ選ぶ女性はいませんよぉ！　三ケーってなんだかご存じですか？」

「こ、怖い、コスプレ、行動派？」

私の頓珍漢な答えについに我慢できなくなったのか、由宇は地面に突っ伏して身を震わせて笑い、アキは壁を叩いて涙を流し始めた。由宇は地面に突っ伏したまま、笑い続けている。

「怖いコスプレ好き行動派の男子も嫌だぁ〜。コスプレは好きだけど、それは嫌だぁ〜！」

「ひ〜、今年一番笑ったよ。普段表情の変わらないたまひが実はこんなド天然だと知られたら、きっとモテるだろうなぁ」

「わ、私天然じゃないし！」

「自覚がないからいいんだよ」

アキが頭をよしよしと撫でてくれて、その体温を直に感じてはっとする。たしかにアキも由宇も生きている。さっきのは幻だ、錯覚だ。二人が死んだなんて、嘘だったんだ。そう思った途端、アキの言葉にびくりとしてしまう。

「あ〜、記嶋もたまひのこの一面は知っていたのかなぁ？」

「……記嶋君って？」

「お、さすがたまひ。中学のクラスメートの名前を忘れたかぁ。記嶋ってのは――」

「目立たないけど歴史好きで、行動力があって、私のことが好きだったかもしれないっていう、記嶋君？」

つらつらと答えた私に、アキがびっくりしたような表情になる。

「よく覚えてるなぁ、たまひ。もしかして、まんざらでもなかった？」

「違うけど。アキの方が詳しいんじゃない、家が近いって」

「私、それ言ったことあったっけ？」

アキが怪訝そうな表情になってから、はっとした。さっきの記憶は自分以外には引き継がれていない。つまり、私だけがさっきの記憶を引き継いでいる。これはどういうことだろう。私だけが、さっき起きた事実を知っている。記嶋君のことだって、アキに言われなければ思い出すこともなかったのに。二人はまだきょとんとしていた。私をからかっている様子すらない。だって、由宇の眼鏡だって元通りで、そもそも怪我一つしていない。まさかこれは――

ひょっとして話に聞く死に戻り、ってやつか。ラノベを読まない私でも知っている。死んでも自分だけが、やり直しができる能力。やり直せるのはいいけど、死ぬ時のあの感覚を思い出すとぶわりと汗が噴き出す。あんなもの、二度と体験したくない。ラノベの主人公はどうだったんだろう。何も思わず死に戻りしたのか、それとも。ああ、せっかく由宇が本を貸してくれるって言ったんだから、素直に読んどけばよかった。

私が狼狽《うろた》えていると、アキがふっと笑って肩を叩く。

「まったく、たまひはそそっかしいんだから。ま、私も記憶力には自信がないけどね！」

「成績悪い三人組女子ですからねぇ～、はぁ、まだお腹痛い」

「生物と英語、それに国語だけはそこそこなんだけどなぁ」

「漢文と古文はてんでだめじゃん。それは国語が得意って言わないよ」

「得意じゃないもん、そこそこだもん」

「はいはい」

ふくれっ面をした私の頬をアキがつつき、由宇が思い出し笑いで都合三度目の地面を叩いていると、キィ、キィ、とベビーカーを押す音が聞こえてきた。

いまだ暗い廊下、その先からゆっくりと聞こえてくる音に、私とアキがはっと振り返る。その持ち主には覚えがある。このマンションに入ってから何度も見かけたあの女の人。そして最後は――私の頭を殴りつけたのもこの女の人じゃなかったか。

最期の瞬間がフラッシュバックされ、私の体が硬直する。そんなことには気づかず、アキが会釈して挨拶した。

「こんにちは――いえ、こんばんは、かな」

「……」

アキの明るい挨拶にも女の人は反応することなく、私たちの隣をゆっくりと通り過ぎようとする。アキは二の句が告げず、私は固まったままだ。その私の傍を通り過ぎる時、女の人の目だけがぎょろりと動いて私を睨みつけた。

その口が静かに動き、私だけに聞こえるような小さな声を発した。

「そう、あなたもアムリタをもらったのね」

「え？」

意味不明の言葉に狼狽する私を振り返ることなく、女の人はゆっくりと過ぎていった。私の変化を見て、アキが心配そうに隣に並ぶ。

「何か言われた？」

「ううん――ねぇ、アムリタって何？」

「知らないけど、由宇なら知ってるんじゃない？　おーい、由宇。いつまで笑っているの」

アキがうずくまったままの由宇の背中を叩くが、由宇がびくりとしただけで起きようとしない。

「由宇？　腹筋攣《つ》った？」

だが由宇からは返事がなく、ゆっくりと背中に赤い点が滲《にじ》み出て――その点が見る間に大きくなると由宇の体がそのまま水平に持ち上がった。地面から突き出る太い節くれのある枝に貫かれる姿は、まるで「はやにえ」のようだと、そんなことを思った。

由宇が大量に血を吐くと、それがアキの顔面を真っ赤に染め上げた。

「なにこれ、血じゃ……う、うわあぁああ！」

「アキ、由宇！」

思わず叫んでアキを掴もうとすると、地面を突き破ってあの化け物虫が姿を現した。

由宇の近くにいたアキけ、その時に地面が抜けるのに合わせて階下に落下していった。

「アキ！」

「たま、ひ、さん。痛いよぅ」

由宇にはまだ息があった。それに気を取られて、足が止まる。由宇が混乱しているのか強引に虫の足を引き抜こうとしたが、節くれが返しのようになって、より苦痛が増すだけだった。

「あ、あ、あぁ～。痛いよぅ～」

その由宇のうめき声が余程気に食わなかったのか、化け物虫が由宇を叩きつけ始めた。ああ、これじゃあさっきの再現だ。叩きつけられ人間の形を失っていく由宇だったが、最後は私の方に向けて投げつけられた。

「きゃあっ!?」

その勢いに由宇ごと壁に叩きつけられたことで、化け物虫とは距離が離れる。背中をしこたま打ち付けたことで全身に痺れが走るが、膝元で由宇の折れた首がかたりと後ろに傾き、その生気のない目と目が合うと、私は弾けたように走りだした。

「うわぁあああ!」

さっきと同じじゃ駄目だ。今度は階段を下へ。アキも下に落ちたし、きっとそっちに行くべきだ。アキを助けて、マンションの外へ! 私の頭は、さっきよりも冷静だ。だが崩れた下にいたアキは崩落に巻き込まれ、瓦礫《がれき》の下に足が挟まっていた。

「アキ、アキ! 起きて!」

「うぅ……たま、ひ」

頭も打ったのか、朦朧とするアキを引きずりだしたところで、化け物虫が追いかけてきた。アキはそれを見て、私に呟く。

「たまひ、置いて行って。迷惑、だから」

「そんなことできるわけないでしょ!」

「でも、このままじゃ……」

共倒れだなんて、わかってる。それでも、アキも由宇も生きていてほっとしたんだ。嬉しいと思ったんだ。その友達を手放すなんて、できるものか――

「ぎゃっ！」

アキに肩を貸して数歩のところで、背中から強い衝撃を受けて壁に叩きつけられた。いや、叩きつけられたなんて生易しいものじゃない。背骨が確実に折れた。だって、腰から下の感覚が何もないもの。

アキは無事――と淡い期待を抱いて、すぐに裏切られた。アキの頭もあらぬ方向に向いていた。顔が向こうに向いているのがせめてもの幸い――それは、私にとっての幸いか。こんな時にも、自分優先。私って、本当性格が悪いな。

それが、化け物虫が私に足を振り下ろす瞬間に見た光景だった。

＊＊＊

――赤い、大輪の華の近くに、またいる気がする。その中に佇む女性もきっというるだろう。だけど今回はこれ以上近づけない、目も開けられない。匂いでしかその存在を感じ取ることができない。近づくのは怖いのに、遠くなると死の匂いが濃くなるような気がする。きっと、あそこにたどり着くのが正解だ。

近づけないのはあっさり死んだせいか、それとも別の理由があるのか。あるいは一度アムリタというものをもらったせいなのか。答えを知るためにも、私はもう一度あそこに行かなければならない。きっとそうする必要があるから私に教えているのだ、今度は自力でこちらに来いと。

今はまだ、何も知らなさ過ぎる。どうすれば、私はあそこに行けるのだろう。誰か、何でもいいから、私に教えて。心の叫びに答えてくれる人は、誰もいない。

＊＊＊

夢を、見た。アキと由宇と、出会った時のことだ。

アキは小学校からの同級生だ。田舎から帰ってきて、人知れない孤独を抱えるようになった私を、アキは力づくで引っ張り出してくれた。いつも私を人の輪の中に呼んでくれて、一緒に遊んだ。だから私は孤独を感じていても、クラスから浮いたことはそれほどない。全部、アキのおかげだった。

バスケだって、アキがやるからやっていたんだ。私はバスケなんて、何の執着も持っていないことを思い出した。だから試合で負けても悔しくないし、試合中に冷静でいられた。悔しかったのは、私のせいで最後の試合に負けた時、アキが一人で泣いていたからだ。

高校はアキと同じ高校を選んだ。だけどクラスが離れたせいで、アキとは中々会えなかった。そこに話しかけてきた、不思議なクラスメートの由宇。何が得意というわけでもなく、どちらかというとオタクな趣味を公言して憚《はばか》らないのに、クラスでの友達は多くて、誰にも嫌われていない。授業中、先生にあてられて答えられなくても、男子にちょっとエッチにからかわれても、彼女はまったくへこたれることがない。私とは違うなぁ、と思っていたのに、彼女の方からいつの間にか私に話しかけてきて、いつも一緒にいるようになった。話も共通しないし、あまり友達だと思っていなかったけど、そうか、いつの間にか友達だったのか。だって、由宇が死んだ時、あんなに悲しくて悔しかった。

今度は上手くやる、いや、やってみせる。戻ったら、ひょっとするとまた襲われるかもしれない。だけど、あの二人を失うよりきっとマシだ。私は勝つ。勝って生き延びる。それができる私のはずだ。死の匂いを感じ取れるなら、それを逆手にとってやる。そんな覚悟を胸に、私の意識は再び暗転した。

＊＊＊

「――ひ、たまひ！」

「はっ⁉」

気付くと、由宇とアキが前を歩いている。由宇が二階へと続く階段を上っていて、アキがそれを追いかけようとして足を上げたところだった。これは、血の跡を追いかけている最中か。ということは、まだ女の人に追いついていないはず。先ほどより少し前の場面ではないだろうか。

「戻った……でも、さっきと違う？」

まだ法則がわからないが、こうして平和な空間に戻ると、先ほどまでの出来事を嘘のように感じてしまう。体には傷一つない。でも、体をつたう汗と、生々しい死の感覚、そして何より、鼻腔に残る濃厚な死の匂いが、嘘ではないと私に教えてくれる。

「たまひ、なにぼーっとしているの？　追いかけようって言ったの、たまひだよ？」

アキが私を急かす。そうだ、そもそも途中から乗り気じゃない二人を、私が無理に上に連れていった。ありもしない正義感を振りかざそうとしたせいだ。

私は、前を行く二人の裾を掴んで止めた。

「やっぱりやめよう」

「ええっ？　ここまで来たのに～」

階段を上りかけた由宇が口を尖らせた。私は手を合わせて由宇に謝罪する。

「本当にごめん！　今度埋め合わせするから！」

「じゃあ駅前のカフェ、トゥインクルのジャンボパフェ奢りで！　あと、コスプレ一回追加！」

「なんでもやるよ！」

「なんでもやるですと⁉」

由宇の眼鏡がきらりと光る。アキが、気配の変わった由宇にたじろぐ。由宇が手をわきわきと動かしながら、呼吸も荒く近寄って来る。節足動物の足の動きを思わせる指の動きだ、正直怖い。

「た、たまひ。嫌な予感がする」

「わ、私も」

「今、言いましたね。何でもすると⁉　な、ならば個人撮影会でサキュバス天使プリンちゃんに登場する悪の女幹部、モロダシーナのコスプレを所望する！」

「絶対やべーやつだ！　たまひ、断れ！」

アキが由宇にしがみついて止めようとする。由宇がもがく。

「由宇、絶対それ十五禁指定だろ？」

「何を言っているのですか、十八禁に決まっているでしょうが！」

「そんなもの、友達にやらせせんな！」

「だからこそですよ！　こんな背徳的な機会、一生に一回あるかどうかですよ！　アキさんは興味がないのですか？」

　由宇がアキに素早く耳打ちする。耳打ちにしては長いが、段々とアキの顔が真っ赤になっていくではないか。まるで茹でダコだ。

「いかがですか？　倫理観をとっぱらった、今の正直なアキさんのお気持ちは!?」

「………見たい」

「でしょう!?」

「ねぇ、私にも説明してくれないかなぁ？」

　さすがに嫌な予感しかしないので説明を求めたが、二人して面白がって話してくれようとはしない。アキと由宇が逃げようとして、二階に上がらず一階の廊下に出る。

そこで由宇が誰かとぶつかった。

「あ、ごめんなさ……い？」

　その謝罪が最後まで紡がれることはない。背後からでもわかる、天井まで届く由宇の出血。ぐるりと振り返った由宇の喉は横に真一文字に断り裂かれ、口と喉が同時にぱくぱく動いたかと思うと、こちらにふらふらと二歩歩いてから崩れ落ちた。

　やったのは、ベビーカーの女。手には、人の顔ほどもある大きなサバイバルナイフ。女は血を噴き出す由宇を仰向けにすると、その血を浴びてニタリと不気味な笑みを浮かべた。

「ひ、人殺し！」

アキが後ずさりしながら、恐ろしいものを見る表情で尻もちをついた。男勝りのアキがこんなに怯えるなんて、見たことがない。今まで私がどんなに怯えても、アキが励ましてくれたのに。

いや、違う。どっちが先に怯えるかで、励ます役が変わるのか。だって今、私がアキを励ましてあげなきゃって思ってる。

私が怯え過ぎたから、今までアキも無理をしていたんだ。私はアキの前に立ちはだかるようにして、女と対峙した。女はサバイバルナイフを両手の間で遊ばせながら、ニタニタとこちらを物色するように眺めている。この女の人、殺し慣れてる。

「どうして由宇を殺したの？」

女が無言で舌なめずりをした。その舌先が、二又に分かれているように見えたのは気のせいだろうか。思えば、人間離れした色白さといい、妖《あや》しい美貌といい、この女も妖怪じみている。爬虫類を思わせる、鋭い目つき。決めた、蛇女と呼ぶことにしよう。

会話が通じないのか。じりじりと距離をとりながら警戒する私を見て、蛇女はつまらなそうに言い放った。

「つまらないわね、その反応。あなたはもっとできるはずだわ」

「何を根拠に！」

「根拠、ね。あるわよ、でも教えてあげない！」

蛇女が踊りかかってきた。私は蛇女の注意がアキに向かないようにぎりぎりで避けようとしたが、大型のナイフと相対する恐怖は想像以上だった。化け物が相手だとどこか諦めがつくというか、逆に冷静になってしまうところがあるが、人間が相手だとなんとかなると思ってしまうせいだろうか。

なんとか飛びかかれないだろうかと、じりじりと距離をとりながら隙を窺っていたが、どうしても蛇女がナイフを動かすと、それに反応してびくりと体が動いてしまう。私の反応を面白そうに、蛇女はナイフをちらつかせながら、ニタニタと嫌な笑みを浮かべた。

「可愛い、可愛いわぁ、たまひちゃん。とっても可愛い！」

「……どうして、私の名前を？」

「あらやだ、あなたのお友達が連呼していたじゃない。何度も聞いていたら、そりゃあ覚えるわよ。それより、いいの？」

蛇女がちょいちょいと、ナイフで廊下の反対側を指さす。そこには化け物虫が姿を現し、こちらに気付いたのか、示威行動を始めていた。

私は視線でアキに逃げるように促し、アキが気付いてゆっくりと立ち上がる。だがそれを見逃すほど、蛇女は甘くなかった。

隠し持っていたバタフライナイフを素早く投げると、アキの太ももにそれが刺さる。

アキの反射神経をもってしても避けられない速度と精度に、刺さった瞬間ではなく、動こうとして初めて激痛か走ったようだ。

「わぁあああ！」

「アキ、駄目！」

思わず叫んだアキに向けて、化け物虫が突進した。アキは足に刺さったバタフライナイフを握ったまま、茫然とした表情で化け物虫に轢かれて潰れた。

アキのいた場所に血の華が咲き、私の表情が絶望に染まると、蛇女が恍惚とした表情で手を揉み絞るようにして感動した。

「いいわ、いいわぁ！　あなたのそんな表情が見たかった！　もっと絶望なさいな！」

「わぁあああああ！　お前ぇえええ！」

アキが死んで高笑いする蛇女を前にして、怒りで視界が真っ赤に染まる。私は恐怖も忘れて怒りのままに襲い掛かり、そして蛇女のナイフにあっさりと喉を斬り裂かれた。

倒れて力の入らない私を、つまらなさそうに見下ろす蛇女。

「ふぅ、他愛もない。あなた、たしか手習いとはいえ格闘技をやっているでしょう？　そんな無様な動きしかできないの？」

――なぜ、そのことを知っているのか。いや、この蛇女は、ひょっとして知り合いなのだろうか。誰だ、こんな知り合いがいたか？

　蛇女はクッ、と口の端を吊り上げると、理解を超えた言葉を投げてきた。

「ま、こんなものかしらね。次は気合を入れてかかってきなさい。そうでないと、また無様に死ぬわよ」

　この蛇女、私が死に戻りしていることを知っている――

「そんな不思議そうな顔をしなくても、このマンションでは――いえ、この土地では理解を超えたことが色々と起こるわ。私、ここに住んで長いの。だから、あなたが知らないことも沢山知っている。アムリタを授かった者どうし、仲良くしましょうよ。たった二人じゃあ、饗宴とまでいかないかもしれないけど」

　アムリタ。さっきも聞いた言葉だ。それがなんだと言うのか。戻ったら由宇に聞いて、みない、と。ああ、駄目だ――意識が。最後に意識が途切れる前に見たのは、これも信じられない光景だった。蛇女は自ら虫の注意を引いて自死したのだ。生き残るつもりがないのか、それとも彼女も死に戻りを？　いや、死に戻りしたとして、私と同じように戻ることが可能なのか――こんな死に方では、わからないことばかりだ。さっきの決意はなんだったのか。疑問が湧いては消え、私の意識もいつの間にか霧散した。

＊＊＊

――今度は赤い大輪の華が近い。相変わらず動けはしないが、今度ははっきりと赤い華が見えた。目が開いているわけじゃないのに、見えている。どうやって見えているのだろうかと考え、むせかえるような死の匂いが充満していることに気付いた。死の匂いを感じ取って、私は見えるはずのないものを見ているのか。前の時よりも鋭くなっている自分の能力に、初めて気付く。

これは美しい場所なんかじゃない、ここには無数の死がある――それも、数えきれないくらいの、膨大な量の死が、苦痛と苦悩と、苦悶と共にここに渦巻いているのだ。

吐きそうになったが、それでも意識が覚醒することはなく、私はただ吊り下げられているだけだった。目の前に現れた赤い服の女の息がかかるほどに、私に接近してきた。私の何を観察しているのか。いや、観察じゃない、匂いを嗅いでいるのか。

ひょっとすると、私と同じなのか。まだわからないことは多いが、私の能力が強くなれば、きっとこの女の正体も、この場所の正体もわかる気がする。私は一つのヒントを得た気がして希望に燃えたが、その瞬間頭を再度串刺しにされて戻ることで、言いようのない絶望を味わっていた。

＊＊＊

　また夢を、見た。

　空手の道場に初めて行った時のことだ。バスケを辞めたけど、なんとなくもやもやした感情が胸に渦巻いていた。でも高校ではあんなことがあっても嫌だし、部活動はこりごりだった。だから気楽にできる何かを探して春休みにうろうろとしていたが、その時に空手の道場がふと目に入った。中からは女の人の声が聞こえたことも大きかったかもしれない。

「た、たのもー」

　こういう挨拶でよかったのかと悩んだ挙句、場違いな言葉が口から出た。中にいた人たちは一斉にきょとんした表情でこちらを見て、私は挨拶を間違えたことを悟った。私顔を赤らめていると、指導をしていた先生らしき女の人がこちらに歩いてきた。私よりも頭一つは背が高く、長い髪を後ろで一つにくくった切れ長の目をした美人な先生は、私を見て少しだけ首を傾《かし》げた。

「ふむ」

　私を見て何を思ったのか、練習着を渡すと、着替え終わったと同時に私にサンドバックを支えるように言った。

「持って」

準備運動は、説明は。何かを言う暇もなく、蹴りの衝撃がサンドバック越しに伝わった。

「そちらではないか。済まないね、見立て違いだ」

「きゃあっ」

思わぬ衝撃にぺたんと尻もちをついた私を立たせると、今度は自分がミットを持って立っている。

「好きに打ち込んで来なさい。ああ、親指は握り込まないように。骨を折るからね」

「はぁ」

やはり打ち方の指導もない。だけど何も聞かれないことはある意味では心地よかった。私は一心不乱に拳を振り、打ち込み続けた。先生は時に蹴りも要求し、私は周囲の人の見よう見まねで蹴りを繰り出した。どのくらい打っていたのか。息が切れて筋肉がぱんぱんになったころ、先生が突然拳を受け流したせいで転んだ。そのまま息を切らして立てない私を見て、先生は大きく頷いた。

「ふむ、悩みと迷いがあるが、向いているね」

「ハァ、ハァ……空手の、ですか？」

「違う、戦う才能だ」

先生は簡潔に答えた。これは何かのテストだったのか。

「覚悟がない奴は、なぜこんなことをするのかと聞いてくる。そして向いていない奴はミット越しとはいえ、躊躇《ためら》いなく拳は振れない。どのくらいで打ち込みを止めるかは悩みの大きさに寄るが、倒れるまでやるとは、私も見る目がまだまだだ」

「……」

無言で呆然としていると、既に誰も生徒がいなくなっていることに気付く。先生はミットを外しながら、くくっていた髪をほどいた。髪をほどくととても女性的なウェーブが、大人の女性を印象付けた。

「また来るといい。私はだいたいここにいる」

「……あの、お月謝は」

「む、忘れていた。入会案内は――どこだったかな」

大丈夫かな、この先生。私は久しぶりに楽しくなった気がして、その道場に通うことにしたのだ。

＊＊＊

「――ひゅうっ」

「たまひ?」

息を吸い込み喉に手を当てて、繋がっているかどうかを思わず確かめた。死に戻る瞬間の息の詰まる感覚。こればかりは何度経験しても慣れるものではなく、息の仕方を忘れたかと思った。

今度戻ったのは、さっきと同じ場所。まさに由宇は二階に上がろうとしていて、私たちは血の跡の間隔を不思議に感じていた時だった。

心配そうにのぞき込むアキと、不思議そうに振り返る由宇。私は意を決すると、由宇とアキの手を掴んで、ずんずんと引き返す。

「ちょ、ちょっと。たまひさん！　まだ血の跡が――」

「知ってる。平地と階段で均等なんでしょ。多分罠だよ」

「え、罠って？」

「それらしく注意を引いておいて、他の獲物を釣る。撒き餌だっけ？　と一緒」

「どうした、たまひ。何かあった？」

アキが心配そうな表情で、いつもと違う態度の私に手を引かれるままになっている。むしろ自分から進んで隣に並んで歩いてきた。

私は悩んだ。おそらくは化け物虫が出現するまで、そう時間はない。その間にこの二人に死に戻りのことを説明して、理解してもらえるのか。答えは否、だ。由宇は理解できるとしても、面白がって話が脱線するかもしれない。アキはそもそもそういった話にはとんと疎いはずだ。さっきの場面だって、手帳の内容には途中から興味を失くしているようだった。

だったら、私のやることは一つだ。強引にでもこの二人を外に連れ出す。そうだ、話は簡単じゃないか。有無を言わさず、一直線に外に出ればいいんだ。

「とりあえず、外に出よう。ここはおかしいし、いちゃあいけないんだ」

「えぇ〜、ここまで来たのにどうしちゃったんですかぁ？」

口を尖らせる由宇を見て、ふと思い出したことがある。

「そうだ、由宇。シカイセンと、アムリタってわかる？」

「シカイセン？　ひょっとして、尸解仙のことですかねぇ」

「わかるの？」

アングラな知識の持ち主、恐るべし。由宇は眼鏡を直しながら得意気に微笑んだ。どうやら頼られることが嬉しいようで、長くなるやつだ。

「尸解仙というのはですね――」

「簡潔に三十文字くらいでお願い」

「ああっ、たまひさんが冷たい！　尸解仙というのは、道教の発想で外見上の死を利用して仙人に至る、みたいな。どうだ、丁度三十文字！」

「外見上の死を利用して、仙人に至る――」

　ガッツポーズする由宇を無視して、私は考え込んだ。ガッツポーズして上げた手の下ろしどころに悩んで、由宇がアキの方を見た。そのアキは諦めたように首を振っている。

　私には以前から、考え込むと周囲の声が聞こえなくなることがあった。バスケでは司令塔役なのに、あまり向いていなかったようだ。集中力としては武道向きだね、とアキに言われたことがある。だから空手を始めてみたのだけど。そういえば道場の先生には、なんて言われたのだったか。

　もしかすると、死に戻るのには意味がある？　いや、結果を変えることができる？　試行錯誤してみたいことが山のように思い浮かんでは消える。

「アキさぁん……」

「諦めろ。考え込んだたまひに、声は届かない」

「そんなぁ～」

「由宇」

「ひゃいっ！」

　私が突然声をかけたので、由宇がなぜか両手を上げてバンザイした。

「アムリタって、何？」

「アムリタですか？　たしかインド神話だった気がしますが、不老不死の飲み物の名前ですね。ソーマとか、中国だと甘露とか、他にも丹薬、仙果、仙桃などなど。ま、昔からある不老不死伝説にまつわるものですね」

「よく知ってるなぁ」

「ふふん、伊達にサブカル好きを名乗っていません」

由宇が胸を張ったが、アキは残念そうに首を振った。

「その意欲が勉強に向いていれば」

「あぁん、それは言わないお約束！」

アキに抱きつこうとする由宇を見て、気楽なものだと悪態をつきたくなった。今はそれどころではないのに――駄目だ、苛ついている。冷静にならないと。

だけど、死の匂いは今のところしない。むしろ、薄まっているのだろうか。このマンションに入ってから少なからず常にしていたような気がしたが、それも今は感じない。これは良い選択なのでは――

そう考えているうちに、夕陽の当たるマンションのエントランスから外に出るところにたどり着いて、ほっとした。上手く行った、これで元の家に帰れる――そう考えアキと由宇の方を振り返った私は、凄まじい衝撃に上から襲われ、地面に突っ伏した。いや、突っ伏したのではない、潰れたのだ。

目の前には、追っていたはずの女の人の無機質な目。上から落下したこの女の人に、直撃された？　そんな、馬鹿な。そして、私を心配して駆け寄ってくるアキと由宇。

駄目。この女の人がここにいるということは、あの化け物虫も近くに。アキが駆け寄って私を仰向けにすると同時に、その上から覆いかぶさるように飛んで来る化け物虫が――

＊＊＊

「――ふうっ」

「たまひ？」

戻った。今度は何の夢も見なかった。あまりに早く死に過ぎたせいか。そう理解した瞬間、私は説明もなくアキと由宇の腕を掴んで走り出した。さっきの間合いでも遅い。ならば、もっと早く。尸解仙とアムリタのことを聞いている時間すら惜しい。

私は説明もそこそこに、二人を引っ張って外に出た。案の定、今度は女の人の落下も化け物虫も間に合わない。

「たまひ、何が――」

「いいから、走って！　説明は後で！」

私の必死の形相を見て、つられて走り出す二人。なんとなくではあるが、言うことを聞いてくれてよかった。だけど、死の匂いがしなかったのに死んだのはどういうことか。

下り坂に入ろうとしたところで、由宇が凄い速度で私を追い抜いた。なんでこんなに速いの、と思ったら由宇が背後を指さす。

「う、後ろ、後ろ！」

「え？」

由宇が指さした先には、化け物虫がもう追ってきていた。しかも、尋常じゃなく速い。あ、駄目だ、これは——坂道は無駄に曲がりくねっていて、下からは見えない。一般人の目に入れれば、あるいはなんとかなると思っていたのに、それも無理か。そして、足が一番遅いのは私だ。

私を庇おうとするアキを突き飛ばし、私は微笑む。どうせ死ぬなら、私が一番先でいい。二人が死ぬ所なんて、見たくは——

化け物虫の体当たりで壁に叩きつけられ、私は自分が潰れる音を聞いた。

＊＊＊

「げほっ、げほっ」

「たまひ？」

私は思わずえずいた。潰された感覚はまだ残っている。自動車やトラックに潰されたら、あんな感覚だろうか。胃の内容物どころか、口から胃そのものが飛び出るような衝撃だった。いや、さっきは本当に飛び出たのかもしれない。

今は唾液しか出ないが、普通でない様子を感じたのか、由宇も戻って来る。だが私は試してみたいことがあった。

「あっ⁉」

「たまひさん？」

私は二人に何も言わず、全速力で出口に向かって駆け出した。二人の手を引っ張ったら追いつかれた。じゃあ、自分一人なら。もし二人が襲われるようなら、また最初からやり直してやる。それより、この土地の外に出ることができるか否か。それが問題だと考えたのだ。

駆け出した私に呆気にとられたのか出だしが遅れる二人だが、やがて後ろから走って来る音が聞こえた。いいぞ、この調子。私はエントランスを抜け、坂道に入り、まだ死の匂いが背後から迫ってこないことを感じ、内心でガッツポーズをした。この間合いなら逃げられる！

「きゃあああ！」

だが坂の出口、交差点の間近で由宇の悲鳴が後ろから聞こえた。由宇の足でも間に合わないのか――あとちょっとなのに。私はくるりと振り返り、一度戻るかそれとも一度外に出るかどうかを考え、坂の入り口から暴走する救急車がドリフトをするように迫ってくるのが見えた。運転しているのは、あの包帯に落書きをしたおかしな救急隊。

「――え」

アキは呼んでいないはずだ。誰が、救急車を。それも、予定より早い。驚きの余り硬直した私を、アクセルを踏み込んで躊躇なく壁に叩きつける救急車。フロントガラス越しに、ガッツポーズをする救急隊が目に入り、私は目の前が真っ赤になるほどの怒りに震えた。

いや、真っ赤になっているのは――私の、血が、止まらない、から。

＊＊＊

「――ああっ！」

「たまひ？」

絶望に喘《あえ》いだような私の声に、アキが駆け寄ってくる。由宇は驚いたように振り返ったが、もうそれどころではなかった。全速力でも逃げられない。死の匂いもあてにならない。ならば、どうするべきか。いや、あの入り口が駄目なのか？　まだ試していないことはある。

私は無言で駆けだした。たしかエントランスには、このマンションの見取り図があった。外から見ても、直接外に出られる階段は沢山あったはずだ。高台にあるなら、入り口だって一つではないはず。こんな見晴らしのいい開けた土地から出られないだなんて、そんな馬鹿なことがあるはずがない。

私はエントランスに着くと、見取り図を見た。二階から外に出るには少なくとも六つの階段があるし、それ以外にも駐輪場とか、わりとオープンスペースがあるじゃないか。それに駐車場は別にあるのか。これだけあって、出られないわけがない。なんとか、あの化け物虫を誘導できないものか。狭い所とか、つっかえたりしないものなのだろうか。

私の目に、管理人室が飛び込んできた。同時に、回り込んできた化け物虫がエントランスの外に降り立った。管理人室のドアノブを回そうとしたが、やはり扉は開かない。

何かないか、何かないか。管理人室の外に置いてあった自転車の空気入れを掴んで管理人室の窓を割る。ここに誘導して、身動きが取れなくなりはしないか。アキと由宇が追いついてきて、化け物虫を見て悲鳴を上げる。

「二人は下がって！」

破った窓から管理人室に飛び込んで、虫に向けて呼びかけた。

「こっちよ、来い！」

化け物虫がニマリと笑った気がした。化け物虫が突貫してくるが、流石の巨体は一度で入りきらなかったようだ。だが無理矢理足で窓枠を押し広げ、体をねじ込んで来ようとする。

よし、いいぞ。そのまま つっかえてしまえ。私は管理人室の扉の内鍵に手をかけようとして、管理人室の死角で動いた影に気付いた。影はのそりと立ち上がると、今しがた食べていた人間を放り出してこちらを向いた。

「……巨大生物は一体じゃないのね」

最初の時に何か見た気がしたのは、気のせいではなかった。影が私に覆いかぶさると、後ろの化け物虫が悔しそうにキチキチキチ、と口殻を打ち鳴らした。

＊＊＊

「げほっ、けほっ」

「たまひ?」

心配そうに駆け寄るアキの手を掴んで、その目を正面から見据えた。心配そうなアキ、そして何が起きたかわからず、驚く由宇。

二人の目を交互に見て、静かに決意した。全部、試してやる。

「ついてきて」

それ以外告げずに動き出した私の後を、しばらくしてついてくる二人。走ったところで、相手の方が速い。ならば、駆け足程度で移動して体力を温存し、肝心なところで全力疾走するべきだ。

私たちは二階に向かうと、ふらふらと階段を上る女の人は無視して、反対側の階段に向かった。

「女の人はいいの、たまひ？」

アキの心配そうな声も無視だ。あの女の人は、そもそもまっとうじゃない可能性がある。せいぜい囮《おとり》になってもらおう。

やることが明確になって、私の思考はとてもクリアでシンプルになってきた。一つ一つ、できることを。死ぬのは何度経験しても慣れそうにもないが、肚は括った。なんとしてでも、この二人と一緒に元の世界に戻ってやる。

そう考えれば、気は楽だ。そして、その覚悟を試すかのように、虫の群れが、争うように私たちの背後から群がってきた。

＊＊＊

「それで、三人一緒に出る方法は見つかったのかい？」

「……なかった」

私の前で、お茶をゆっくりと啜《すす》るおじいさん。堂貫さんの部屋にお邪魔した私は、ゆっくりと事情を説明した。なぜか、ここだけは虫も蛇女も、救急隊も襲ってこないことを確認していた。セーフティゾーンとでも呼ぶのだろうか。ここで手帳を開いてみたが、内容が真っ白になっていた。ここでは読めない代物のようだ。もしかしたら、この手帳を見つけた部屋に戻らないと読めないのかもしれない。

憔悴しきった私の傍に、アキと由宇が付き添おうとして、私は由宇を突き飛ばした。

きょとんとする由宇。

「ちょっと、たまひ。何をするの」

アキが由宇を庇う。だが私は憎しみをもって由宇を睨み据えた。

「そもそも、全て由宇のせいだ！」

「な、何で私のせい」

「二回目だって言ったでしょ。最初からここの住人のグルだよね!?」

その言葉に、由宇がなぜそれを――と小さく呟き、絶望の表情になる。一番最初の時、混乱した由宇が自ら口にした言葉を思い出したのだ。もちろん、信じたくはなかった。だが、他の由宇が自ら説明したことでもある。当然、この由宇にもあてはまるだろう。

話は少し遡る。

試行錯誤の結果、普通に出ることは無理だった。いくつかの条件は理解した。まず、一直線に逃げようとすると、化け物虫が全力で回り込んでくる。私の足では逃げることは難しく、三人の誰かが犠牲になるか、あるいは惜しい所で救急隊に邪魔されるのは確定的だった。

二階に上ると、今度は虫の群れに襲われる。これは二階のどの階段から逃げようとしても、虫の群れの方が速かった。どうやら撒き餌とでも呼ぶべき女の人がフラグにでもなっているようだ。

ならばと、三階以上に最初から上った。一見遠回りだが、どうなるのか試してみようと思ったのだ。結論、それも無理だった。化け物虫が追いかけてくるか、六階以上だと巨大芋虫がエレベーターを利用して登場し、押し潰された。経路を色々と変えてみたが、虫から逃げ切れたら、確実に蛇女に殺された。

蛇女に二人、もしくは三人で飛びかかってみたが、蛇女は近接戦闘の訓練でも受けているのか、素人三人でどうにかなる相手ではなかった。というか、あのベビーカーはベビーカーに見える武器庫のようなもので、後ろの部分にはサバイバルナイフだけではなく、ククリナイフやマチェットなどの大型の刃物。座席には金切鋏《かなきりばさみ》、押す部分には仕込み錐《きり》と仕込み刀、懐には改造エアガンと、まるでちょっとした軍人か殺し屋のような装備をしていることがわかった。

そして何より、殺す時に残虐な手段を取る。時間が許す限り、拷問に近い殺され方をするのだ。正直、結末としては虫に殺されるよりも最低だ。アキや由宇が拷問されながら殺された時の悲鳴は、その先十数回分死に戻るまで耳から離れなかった。

そして、死ぬまで時間がかかるほど、目が覚める時系列が後になる。ただ、記嶋君の部屋に戻ることはなく、一番遅くともエレベーターの前なのだ。ただあそこでは一瞬の判断が生死を分けた場面だったので、行動が一瞬遅れるだけで死んでしまう。最悪、死に戻った瞬間にまた死ぬ、なんてこともあった。

そしてどれほど早く死に続けても、最初の地点は三人でマンションから落ちた女性の血の跡を眺めている場面だった。あそこに戻ることに何らかの理由があるのかもわからず、これは好機だと三人を連れて無理矢理出ようとした。そうしたら、突然後ろから胸を突き抜ける虫の節足があったのだ。

「駄目ですよぉ、たまひさん。ここから逃げたら。せっかく連れてきたのに、私が怒られますぅ」

貫かれたまま後ろを振り返ったそこには、顔の半分を虫に変形させつつある由宇がいた。泣いているような、笑っているような複雑な笑みをたたえ、由宇は躊躇なく私を貫き、乱暴に放り捨てた。そういえば、真っ先に飛び降りる女を見つけ、ここに走り出したのは由宇だった。帰り道、喫茶店に行こうと言いだしたのも由宇だった。最初から、全部最初から由宇が仕組んでいたのだ。

悔しくて、悔しくて、地面の草を握りしめた。その力がもう入らない頃、アキが由宇に殺される場面を見ながら死に戻った。

次は、一人で別のルートから逃げてみた。道を使わなければ、おかしな救急隊に殺されることはない。だがスマホが繋がっても助けを呼ぶことはできず、全てマンションに関連する何かの声が聞こえた。一番多いのは、あのおかしな救急隊だった。そして人がいる場所に来ると、蛇女が待っていた。彼女は登下校中の小学生と、それを誘導する父兄の背後に立ち、刃物を口にあてながら「しぃー」として、顎で私にマンションに戻るように命じた。もし従わなければ、巻き込むぞ、と。戻る私の背後から、蛇女は告げた。

「もしマンションの住人に殺されると、あそこと縁ができる。つまり——あなたと同じように、死に戻り続ける可能性がある」

私の背中を冷や汗がつたった。それは、つまり。

「あなたが逃げたら、あそこの子どもたちを殺すわ。いえ、無差別に町の人を殺すわ。一緒にマンションを彷徨《さまよ》うお友達が増えたら、楽しいかしら？」

最低の発想だ。私の性格がどれだけ悪かろうとも、それだけはできない。こんなに苦しいのに、それに年端もいかない子どもを巻き込むなんて。この蛇女を殺したい。その殺意をもって振り返った私の目を見て、蛇女は驚いたような顔をして、その後、信じられないくらい幸せそうに微笑んだのだ。

「それよ、その顔が見たかった。ようやく、らしくなってきたわね」

「らしく？」

自慢じゃないが、自分に嫌悪感を抱くことはあっても、誰かに殺意を抱いたことなんてない。言葉の意味が理解できないでいると、蛇女の舌が伸びて、伸びて、腰まで──？

「え？　舌じゃな──」

その途端、舌だと思っていた何かがひゅるん、と動いて私の目から入って脳を貫通した。半分の視界で確認した蛇女の顔がまるで蝶のように変化し、その口が鞭《むち》のように動いて私の頭を貫通したのだ。不思議と痛みはなく、ただ全身から力が抜けるような感覚だけが残り、私はだらしなく失禁した。その口、なんて言うんだっけ──

「口吻《こうふん》って言うんだけど、前にも聞かれたから先に教えておくわね？　これを初見で避けられる人はいないわ、一人を除いてね。ああ、私蛇じゃないの。性格は執念深いけどね。それにしてもおいしい、おいしいわぁ！　これは病みつきになるわね」

まるで私の言葉を先読みしたかのような言動。誰だ、こんなのを避けられるって。

「ちくしょう」

それが、今回の私の最後の言葉だった。これほどの怒りを持って死んだのは、五十回以上にして、初めての経験だった。

その後も同様のパターンを何度か試したが、どのルートでも殺された。つまり、逃げるという選択肢は不可能だと証明しただけだった。こんなに町が、空が見えているのに、逃げられない。遠目には普通に生活している人が見えるのに、誰も私の苦痛を理解してくれない。一緒にいるはずのアキや由宇でさえも。そして説明している時間もない。誰か、私を助けて。

最初の一回は、奇跡的に上手くいっていたのだなと今更思いだす。あれ以降、一度も記嶋君の部屋にたどり着いていない。思えば、あそこが一番安らげた場所だった。ただそれも、セーフティゾーンではないわけだが。

「あ」

記嶋君で思い出した。手帳。スカートのポケットを探り、記嶋君の手帳があることを確認した。死に戻りしてもこれが失われないのはなぜか、理由はわからない。だがこれが鍵だと、記嶋君は言っていた。そして、彼は一度で私に気付いた。彼は私のことも何か知っていたようだ。彼なら頼りになるだろうか。

その手帳を手に取っていると、目の前で由宇が肩を震わせて泣いていた。

「わ、私は悪くないですぅ……仕方なかったんですぅ」

「聞きたくない！　誰のせいで、こんなに苦しんでいると思っているの⁉」

「たまひ……」

アキが由宇の背中をさすりながら、戸惑っている。まだアキでは事情を察することができない。そこで突然、堂貫さんがほっほっほ、と小さく笑った。

「若いのう」

「おじいさんは黙っていて！」

「蝶に会ったのじゃろ？」

その言葉に、びくりとした私を見て、堂貫さんが茶を置いた。

「そこまで心が折れずに生きとるだけでも、大したもんよ。まだ羽は見ておらんね？」

「……見てないわ。顔だけ」

「ふむ、ならばお嬢ちゃんはなんとかなるじゃろう。そこの眼鏡のお嬢ちゃんはどうだい？　羽を見たか？」

え、と振り返った私の前で、由宇が震えながら小さく頷いた。まさか、由宇も？

「いや、この眼鏡のお嬢ちゃんには資格がないのだろう。この子は脅されているだけさ。いつだね？」

「に、二年前です」

「まだ中学生の時じゃないか」

アキが驚きの声を上げた。由宇が説明する。昔、同人誌の即売会で仲良くなったオカルト好きな仲間と、ここを探検したことがあるのだと。それには、ここに来る前に話した作家さん、穏田千景もいたそうだ。

だがマンションを彷徨ううち、一人、また一人と消えてゆき、最後に残ったのはその穏田さんと、由宇だった。追い詰めたのは、さっきの蛇女ならぬ蝶女。

「どちらが死ぬ？　一人は生かしてあげましょう」

その質問に由宇が震えていると、穏田さんは自分を殺すように言った。自分の方が年長だし、こんな幼い子を殺すのは忍びないと。ただそう誇らしげに宣言して振り返った穏田さんの表情は恐怖に濁《にご》っていて、死にたくないと全力で訴えていた。それどころか、そう言えばこのイカレた蝶女は自分ではなく、怯えるしかできない地味な少女を殺すに違いないと期待しているようだった。蝶女が小馬鹿にしたように、くっ、と笑った。

「そう言えば、助かると思った？」

「へ？」

蝶女の方に振り返った穏田さんは、「きゅうっ」という間抜けな声と共に、顔面に金切鋏を突き立てられて死んだ。同人誌なんてアングラなことをしながら、一方でモデルとしての活動もしていて、ミスキャンパス候補か何からしい美人で嫌な女だった穏田さんは、あっさりと死んだ。

蝶女は由宇の前に座り込むと、鋏をくるくると慣れた手つきで回しながら言った。

「馬鹿だよねぇ、正義漢ぶっちゃって。こういう時は、情けなく小便漏らしながら命乞いをするくらいで、丁度よかったのに」

「で、でもでも。どうせ殺すんでしょう、私のことも？」

怯えながら、何を口走ったのだと由宇は思ったが、その言葉に蝶女は興味を持ったようだ。

「へぇ、どうしてそう思う？」

「だ、だってだって。殺しが好きでたまらないって、そういう顔をしているから」

「……なるほど。見込みあり、ね」

蝶女は血に濡れた手で由宇の頬を優しく撫でると、すっと立ち上がった。

「代わりを連れてきなさい」

「か、代わり？」

「そう。あなたの代わりを、二人。今でなくていいわ。そうね……高校生になるまで待ってあげる。たまひって呼ばれる女の子を探し出しなさい。きっと同級生にいるはずだから」

「そ、その子を連れてくれれば、私は助かるんですか？」

その瞬間、ナイフで自分の指の腹を傷つけた蝶女が、指先を由宇の口の中に突っ込んだそうだ。

「お舐め」

「ん……ぐうっ」

「これは血の契約よ、魔女っぽくっていいでしょう？　私も、アングラな世界が好きなの。ただし、本当の闇の世界の方だけど」

くすくすと蝶女は笑い、力が抜けてへたり込んだ由宇の目の前で穏田さんを鼻歌を歌いながらバラバラに解体すると、ベビーカーに乗せて去っていったそうだ。

それから四つん這いで脱出した由宇は、あれほど彷徨ったのが不思議なほどすんなりとマンションの外に出ることができた。それから以後、時々あの蝶女の姿を町中で見かけることがあったそうだ。

歩いている時、何の前触れもなく前にいる。交差点で待っている時、反対側にいる。ショッピングをしている時、隣のレジにいる。忘れた頃に出現して、その姿を印象付ける。いつも見ているぞ、約束を忘れるな、とでも言いたげに。そして極めつけは、ここに来る数日前に家に上がり込んでご飯を食べていったというのだ。

「いつの間にか、私の母と親しくなっていました。二年間、生きた心地がしませんでしたが、もう後に引けないと思いました。囁くように私に言ったんです、たまひちゃんは良いお友達だろうけど、家族と天秤にかけられるのか、と。下には弟も妹もいます。わ、私にはか、家族を見捨てるなんて……ご、ごめんなさい～」

由宇は、泣いた。だからか。私と同じクラスになった時、席が離れているのに一生懸命話しかけてきたのは。社交的ではあるが、クラスの全員と仲が良いわけでもないのに。今、やっと納得した。この出来事は今始まったことではないのだ。もっと前から——少なくとも、二年前から始まっていることだった。

だからといって、由宇に同情はしない。私とアキは巻き込まれたのだ。

堂貫のおじいさんが、ふむ、と唸った。

「あの女、何年も前からここの住人じゃな」

「何年も？　おじいさんは？　たしかマンションの理事会のメンバーなんだよね」

「儂はずっと、ずーっと前からじゃ。もう昔過ぎて忘れていたけども、理事会の会長なんかも長らくやっておるわ。ただここに何年も住んでおきながら、逢魔が時に人間の姿を保っているとは、余程強烈な自我の持ち主じゃな。あるいは、饗宴の関係者か」

「饗宴？」

聞き慣れない言葉に、アキと目を見合わせる。おじいさんは、説明をしてくれた。

「ここまで何度も死に戻りをしているのじゃ、聞く権利があろう。饗宴が既に始まっておる」

「だから、饗宴って何なの？」

「このマンションができた時——いや、できる前から続いている狂った祝祭じゃよ。最初は、御国《おくに》のためじゃった」

戦争中、この国がかなり追い詰められていたのは歴史でも習っている。戦争を止めようとしないこの国に対し、連合国は実験よろしく、最新兵器の数々を導入した。最後はこの国が音をあげるのだが、追い詰められたこの国でも様々な試みが行われた。

「最初は、国の肝入りの実験じゃった。それも最新鋭の医療技術を発展させた、治療法の確立に始まり、最終的には不死の兵士を創るという、幻想的な目標まで掲げておった」

「不死の兵士？」

「まぁ、妄想じゃよ。医療者と連携したのもそれじゃな。最初はまっとうな試みじゃった。公害を起こすような物質まで開発しながらも、実験はまだまっとうな方法で進んでおったし、一定の成果も出ていた。国が負けるまでは」

あれだけやったのに、国が負けた。まだ実験だって途中なのに。そんな馬鹿な、もうちょっとで成果が出るのに。そんな失望感と無念が渦巻くなか、パトロンが現れた。希望者がいれば、実験を続けさせても良いと言うのだ。国が負けても、科学は後の世のためになる。いや、あるいは負けてしまったこの国の、威信を取り戻せるかも。

「そう言われて、乗らぬ者はいなかったよ」

食うに困る時代。代理人と名乗る地味な女はどこからともなく食料、器材を運んできた。これ見よがしに実験をしていると連合軍に目を付けられるからと、隠れ蓑に集合住宅を建てることを提案してきた。そして複雑な構造にして、中に実験施設を隠してしまえばよいとも。そして被検体として、住人に協力してもらえばいいのだと。

「それ、住人に説明したの？」

「ああ、したさ。だけどね、お嬢ちゃん。当時は空襲で焼け出されて、両親もいないまま放り出された戦災孤児なんて掃いて捨てるほどいたんだよ。彼らの多くは盗みや売春などの犯罪で食いつないだ。警察はいない、連合軍は面倒を見てくれない。食うためなら、自らの体を、命を売り飛ばす。そういうことを躊躇わない人間が溢れていたんだよ」

　実験は驚くほどの速度で進んでいった。当時未解明だった様々な理論、特に精神と脳神経のメカニズムまで解明する機会が与えられた。人体の機能だけではなく、獣、虫、植物、あらゆることが調べられた。資金は湯水のように使えた。器材も尽きることはなかった。被検体はいくらでも志願者がいた。夢のような時間だった。

「研究者としては理想的な環境だったから、誰しも我を忘れたんだろうね。当時としては世界最先端の研究をしていたと、断言できるよ。いや、今でも一部そうかもしれない」

　理論は飛躍的に発展した。理論は黒板に自由に書いて共有していて、いつ誰が考えたかもわからない状態だったが、日々その理論は更新されていった。時には科学的に、時には魔術のような要素も合わせて。

「心霊科学、という分野が確かに戦前は盛んだった。今でこそ精神的、哲学的な要素が濃いが、当時はもっと科学的だった。自然はもっと人間に近かったし、神や魔を身近に感じるせいもあったろう。民間信仰や怪しげな宗教も沢山あったし、いつの間にか我々の研究にもそういうものが混じっていた。そうして誰が意図したかもわからない、アムリタの饗宴が出来上がった」

それは最初、年に一回の学術発表会だった。自分が手掛けた研究のお披露目会。たとえば、精神を病んだ人間がどのくらい回復した。あるいは脊椎損傷で動けなかった人間がどこまで動けるようになった。栄養を投与することで、超人を作成した。あるいは――

「不死の兵士を、創った？」

「と主張する、者もいた。もちろん、不完全さ」

そうしてより優れた物、優れた者を開発する過程で、被験者に強いストレスを与える試みがなされた。

「適切なストレスで人間は強く成長する――というのは知られたことじゃが、極度のストレスを与えるとどうなるか。想像がつくかね？」

「……死んじゃうんじゃ」

「おおよそは。ただ、生き残った者は極端に強くなる可能性があった。そう主張する者がいたのだ」

実験はいつしか暴走していた。被験者も、ここまで体を張って参加したのに、他の連中よりも劣りたくはないと主張し始めた。儀式と饗宴は過激化し、死人が出始めた。
「忠告してくれた女性がいた。意志の強い瞳をもった、当代一番の霊能者と呼ばれた女性だった。彼女は魔術的な側面から、我々がやり過ぎないようにと呼ばれた監視者じゃった。仲介人とも対等に口がきける、気の強い女性じゃった。金にも権力にもなびかず、ただ我々を心配してくれていて、集合住宅の理事会にまで参加してくれていた。ここと、外の世界を行き来できる人間でもあった」

その女性は忠告した。既にこの集合住宅は異界と結びつきつつある。このまま饗宴を続ければ、取り返しのつかないものを呼び込むことになる。そうなれば、もう自分にはどうすることもできない。いや、誰にもどうすることもできないのではないかと。

だが逆のことを主張する者もいた。この国は負けた、尊厳も誇りも踏みにじられた。当時戦った者ではなく、後から乗り込んだ者が我が物顔で我が国の土地を踏み荒らす。それは我慢がならないと。それを覆すなら、今の世の中を壊すほどの力が必要だと主張する過激な連中がいた。
「議論は平行線を辿り、いつしか霊能者の女性も代理人の女性も顔を見せなくなり、過激化した饗宴の代償として、我々は一部ありえない実験の成功を収めることになったのじゃ」

「成功？」

「どれ、見せてやろう」

よっこらしょ、と堂貫さんが立ち上がった。黒電話をじーこ、じーこと回すと、どこかに電話をかけていた。

「おぅ、よっちゃんか。久しぶりに、アレをやろうかと思うんじゃが……そうかい、なら急がんとの。今回で最後かのぅ」

腰に手を当て、よぼよぼとした足取りながらも、杖もつかず玄関を開けて出ていく。外に虫がいることを心配していたが、それはなかった。むしろ、中庭が見える場所に来ると、中庭の空が輝いていた。優しい木漏れ日が射し込むような幻想的な光景に、私たちの目も眩《くら》む。

「夕方が……終わった？」

「でも、これじゃまるで昼よりも明るくって」

「おかしいわ、何これ」

「饗宴をするには、参加者が足らんのじゃ」

堂貫さんが前を歩きながら説明する。饗宴を行うには、少なくとも明確な人間の意志をもった十数名の参加者が必要だが、もうそれだけの意志をもつ人間は残っていないだろうとのことだった。その言い方に、私はひっかかりを覚えた。

「意志を持つ人間は？　堂貫さん、もしかして」

「おう、鋭いの。ちなみに、あの虫たちも元住人じゃ。あ、今もかの。時間帯や時期次第では、人間の姿で出歩く時もあるぞい」

「あれが、人間？」

「長く住んだら、と言うたじゃろ。このマンションで得られる物を常時口にしていると、いずれああなる。今はほぼ全員が饗宴の参加者じゃったはずじゃから、饗宴が近いこの時期になると、ああして荒ぶるんじゃ。自分たちが参加した時の、過酷な記憶が甦るんじゃろう」

　ほとんどの饗宴が凄惨な殺し合いとなっていたからの、と堂貫さんは付け加えた。だからあの虫は、私たちを襲うのか。私たちを、饗宴の参加者だと思って。

　饗宴に参加する人間が足らないから、あの蝶女も私たちを呼び寄せた？　いや、違う。そういう理由じゃない気がする。ならば二年前に由宇の知り合いを殺した理由の説明がつかない。

「堂貫さん、饗宴は何年おきに行うの？」

「絶対にこれ、というものはないが、特段の理由がなければ五年に一回程度かのぅ」

「あの蝶女は、前回の饗宴に参加していないのね？」

「参加しておらんはずじゃよ。饗宴に参加した人間と部屋番号は全て一覧になっておるからな。彼女は前回の饗宴の後に引っ越してきたはずじゃよ」

「今日ここにいるということは――」

「今回の饗宴には参加しておるのじゃな。ただ、それでも新しい住人の数が足らぬよ。それに、一定の人数が死なぬ限り、饗宴は次の段階には進めないのじゃ」

ああ、だからか。だからあれから記嶋君の部屋がある場所に行けないんだ。最初は、由宇が死んで、化け物虫も巨大芋虫も死んだ。だから条件を満たして、次に進めたんだ。

堂貫さんの足が、そこで止まった。そして中庭の空を見上げた。つられて私たちも見上げると、中庭の空が輝いていた。それは空ではない。まるで天国へと昇る階段のように、優しい陽光が射していた。

他のフロアを見ると、マンションの住人が他にもいたのかと思うほど、人間らしき姿が何人も見えた。彼らは同じように光の先を見上げると、微笑みながら身を中庭に踊らせた。

「ああっ!?」

アキが叫んだが、彼らが地面に落ちることはなかった。それどころか彼らは空中に浮き、その体の一部を虫のように変形させながら、空へと昇っていく。そして光が射すところに届くと、まるで上下が逆さまになったかのように、ゆっくりと潰れていった。天井に赤い水たまりが雲のように拡散し、光を遮っていく。

わけがわからず、ゆっくりと住人が一人ずつ潰れていく姿をぼうっと眺めていると、堂貫さんが呟いた。

「あれが、アムリタを得た者が死ぬ手段」

「アムリタを得た？」

「そうじゃ。さっきの話じゃが、研究は一部成功しておった。寿命を延ばす薬は、成功しておったのじゃ。ただし、人間ではなくなり、このマンションから出ることはできなくなるがの」

堂貫さんの背中から、美しい羽が生えた。まるで蛹《さなぎ》から成虫が孵《かえ》るかのように。ただ、その羽には巨大な目が二つついていた。

「儂はもう百二十歳を超えておる。あの実験の日々からかなりの時間が経ったが、いまだに夢に見るのじゃよ。先生、どうして助からないのですか。友の死は御国のためになっているのですか。そう問われる声が、耳から離れん。儂はもう疲れた」

堂貫さんがふわりと浮く。私は彼に向けて手を伸ばした。

「待って、堂貫さん。まだ聞きたいことが！」

「その質問こそ、饗宴の参加者の証。勝ちぬける素質よ」

「え？」

びくりとして伸ばした手を引っ込めかけると、堂貫さんは目を細めて微笑んだ。

「儂の身を案じるような善人では勝てぬ。本能的に、何を犠牲にしても前に進むことを厭《いと》わぬ性格でなくては。死の匂いを嗅げるのなら、能力を使うことを躊躇いなさるな。まずは生き延びて、それから次のことを考えなされ」

そのまま堂貫さんは天井に吸い込まれるように浮かんでいったが、最後の瞬間は見ることができなかった。そしてしばらくして陽光がふっと弱まると、転じて血の雨が降った。

「きゃああ！」

由宇の悲鳴も、今は気にならない。同時に、マンション自体が鳴動して建物の一部が左右に割れると、奥へと続く通路が出現した。中庭が沈んで、地下に向かう階段も。これほどの仕掛けがこのマンションにあったとは。あるいは、もう既に現実ではないのか。

選択肢が増えた。私は天井を見てふうっと息を吐き、二人に問いかけた。

「二人とも、生きてここから出たい？」

「……正直、まだ何が起きているのか把握できていないけど、そりゃあ生きて出たいに決まっているさ！」

「由宇は？」

即答できない由宇に問いかけた。正直、先ほどの話を聞くまでは由宇を許すつもりはなかった。だけど、悪いのはあの蝶女だ。そしてこんな場所そのものだ。私だって同じ立場なら、同じことをしたかもしれない。由宇も巻き込まれただけなら、なんとかしてあげたい。可能なら、ここから三人で脱出したいという思いに変わりはない。

由宇は一瞬びくりとして、おずおずと答えた。

「ゆ、許してもらえるのなら、私も外に出たいですぅ。だって、こんなことになるなんて、思ってもいなくて……」

「誰だって思ってもいないわ、こんなの。駅前のカフェ、トゥインクルでジャンボパフェを奢ってくれるのなら、許してあげなくもないかな」

私の言葉に、目をぱちくりとさせる由宇。

「なぜ私の好みを――」

「あとは、恥ずかしいコスプレ一回ね！」

「はぁあ？　それはまずいですよ、ネットに晒されますぅ！」

「大丈夫よ、私たちだけしか見ないから」

「クラスメートに対する仕打ちがこれですかぁ？　たまひさんにそんな背徳的な趣味があったとは！」

「友達ならではでしょ？」

茶化して言って見せた私を前に、由宇がぶつぶつと口の中で何か文句を言っているようだ。「絶対に巻き込んでやる」と聞こえた気がするが、まぁそれもいいだろうと今では思う。そんなことで生きる気力が湧くのなら、安いものだ。

目の前が急に開けた気がする。まずは生き延びる。クラスでは散々由宇が馬鹿をやっていて、皆仲良いわけじゃないけど、私がぼうっとしていても誰も咎《とが》めることがない。たまにテレビの話題を出したり、恋愛の話題だったり、これから文化祭なんかを経験して仲良くなったりするかもしれない。両親だって、格別私を理解してくれるわけじゃないけど、いつもご飯を用意して帰りを待っていてくれる。週末にはこうして馬鹿なことをしたり、アキの応援に行ったりして。なんとしても三人であの日常に帰るんだ。

そう考える毎に、力が湧いてきた。同時に、今まで死の匂いを感じる能力が低下していた理由もわかった気がする。

私自身が、死の匂いを発していたせいだ。それならば、周囲の死の匂いを感じなくて当然だ。生きる気力が戻ると共に、死の匂いをはっきりと感じられるようになってきた。私は由宇の背後に鞄を咄嗟に差し出した。

「え？」

由宇が驚く暇もなく、鞄には投げナイフが刺さっていた。蝶女が、ゆっくりと暗がりから姿を現した。その表情はどこか、満足そうだ。

「良い顔になったわぁ、たまひちゃん」

「あなたは誰？　どうして私のことをたまひと呼ぶの？　親しい人以外には、その呼び方を許したことはないわ！」

「ふふっ、内緒」

蝶女は口に指を当てて秘密をほのめかしたが、腹立たしいだけだった。死の匂いはわかる。だけど、圧倒的に正面からの勝負は不利だ。そして蝶女は私たちをゆっくりと観察しながら、携帯電話をかけはじめた。

「あ、もしもし救急隊さん？　要救助者が三名います。ええ、ええ。いつものマンションでお待ちしています。今回は活きがよさそうだわ」

電話も手慣れている。今まで逃げても救急隊が来ていたのも、蝶女が呼んでいたのかもしれない。この女をなんとかしなければ。そして、手帳も読まなければならない。

「アキ、由宇。三人別々に逃げよう！　この女をかく乱するよ！」

「え、ええ？」

「わかった！」

「合流場所は、あとで掲示板に書いておくから！」

由宇は戸惑い、アキは二つ返事で反応して、互いに打ち合わせることなく三人別々に逃げた。合流は現実的に難しいだろう。それよりも、今はここまで来たのだから、改めて地下の構造を確認しておきたかった。あるいは、手帳を読み進めるか。

まずは地下の構造を把握する。中庭に現れた地下への赤い階段を駆け降りると、蝶女は追ってこなかった。由宇の悲鳴が聞こえるところからも、由宇が一番与しやすいと思ったのか。残念、由宇はこの中で一番足が速い。蝶女が化け物だとしても、早々捕まりはしないだろう。

長い階段を下りきると、地下は明かりが少なかった。スマホをライト代わりに、ゆっくりと進む。薄ぼんやりと照らし出される壁は高くなくて、すっかりマンションとは建物の様相が違っていた。天井が低くて閉塞感が酷く、空気はかび臭く、深呼吸したくないほど湿気《しけ》っている。それだけで変な病気にでもなってしまいそうだ。

「これがまさか、マンションの地下にある研究施設……？」

この暗闇を見て、あの赤い大輪の華が咲いている場面を想像してしまう。死んだ後のイメージにあるのは、こんな場所ではなかったか。ではあれが、アムリタをもたらす装置？　なぜ、死に戻りをするのか。アムリタとは何なのか。その理由もよくわからないまま、奥へと進んでいく。少しでも、この地下の構造を把握しておきたい。それが結局は、脱出への近道になるのだと信じて。

カラァン、と瓶を蹴ってしまった音が響いた。この地下は無音だ。自分が歩く音と、呼吸の音だけ。今まで三人でいるか、化け物に襲われている時も、何らかの音が常にあった。暗闇も無音も、こんなに恐ろしいものだとは。こうなると、化け物の威嚇音すらどこか懐かしいとすら思ってしまう。

ゆっくりと照らした先で、何かが動いた気がした。慌ててそちらにライトを向けるが、パタパタ、と何かが走る音しか聞こえなかった。

「何か、いる……？」

饗宴の参加者だろうか。だが、この暗闇の中、光もなく走り回れるものなのか。音からは、確かに二本足の生き物だと思ったが。

背後で再び、パタパタと誰かが走り回った。そちらに光を向けると、今度は別の場所から足音がする。

「まさか、囲まれてる？」

闇の中、明かりをつけているのは私だけだ。ああ、もしかして光に集まる蛾と同じく、私は格好の的なのかと考え、慌てて明かりを消した。

そのまま息を潜め、目を暗闇に慣らす。三十秒もあれば大丈夫なはず。息を殺し、自らの鼓動が速くなる音を聞いていると、だんだん落ち着いてきた。

（よしよし、冷静になれ、私――）

少しずつ冷静になってきたところで、ピリリリリ！　とスマホが突然着信音を鳴らす。表示には、アキと出ていた。私は通話ボタンを押したが、焦ってスピーカーにしてしまった。スマホから、アキの焦った声が響いた。

「たまひ、どこだ⁉　由宇がまずい！　生きたまま中庭に、大きな鉤《かぎ》付きの何かにぶら下げられて――ああっ、あんなに血が！　なんで嬉しそうなんだよ、由宇！　ちくしょう、羨ましいな！」

由宇の悲鳴がスマホ越しに聞こえて、アキも混乱したのか意味不明なことを叫んでいる。それはそうだ、死に戻るのがわかっている私と違って、彼女たちの命は一つなんだから。ああ、そうか。いつから私は彼女たちの命を優先しなくなっていたのだろう。最終的な結末だけを考えて、途中の過程は無視しようとしていた。私は酷い女だ。だけど、余裕がないことも事実だった。だって、今も、ほら。

「ごめん、アキ。そっちに行けない」

「なんで！」

「私の方が、先に死ぬから」

ココココキ、と首が曲がる首が響いた。着信のせいで明るくなったスマホの画面のおかげで、百八十度逆さまに折れ曲がった化け物たちが何体も、私を取り囲んでいる様子がぼうっと浮かび上がった。息をすることもなく、目は空洞で何を考えているのかわからない。先ほどまでの虫とはまた違う、異形。地下にはこれが何体もいるのか。そんなことを考えた瞬間、彼らは一斉に襲い掛かってきた。

暗闇に飛び込んだ光に寄せられた化け物たちが、私を奪い合った。何の遠慮もなく私を力づくで奪い合い、それぞれが戦利品のように私を掲げて走りさっていく。スマホの画面は私の血で遮られ、地下は再び暗闇に戻った。アキが私を心配する声が、遠くに響いた気がした。

＊＊＊

「――はっ⁉」

「どうした、たまひ？」

アキと由宇が心配そうにこちらを振り返った。場所はエントランスを入ったばかりのところ。彼女たちは管理人室を覗きこもうとしているところだった。

地下に行くのは失敗だ。新しい選択肢が示されたが、それだけはわかった。ならば開いたマンションの探索を先にする？　いや、それにはあの蝶女が邪魔だ。逃げたら殺される。地下までたどり着いても、今度は地下の化け物に殺される。地下のマッピングをするにしても、何か資料が必要だが、それには時間がかかる。

私はしばしの間目を閉じて悩んだ。敵の数は多く、同士討ちは誘えても、せいぜい一度。地下の化け物は明かりがなくても襲ってくることができる。そして蝶女には戦闘技術と、明確な意志がある。対する私には、何もない、何も……待てよ、本当にそうだろうか。

　空手を習い始めた時、最初に先生に言われた。才能があると。護身術のつもりと、軽い運動もかねて習い始めたのだが、組み手をする人たちを見て、思わず目を背けてしまった。そんな私に才能があるとは思えない。私と同じくらいの女の子でも、顔面に拳を受けて鼻血が出ても、一歩も下がらない人もいる。

　彼らと、私の違いは何なのか。

「彼女たちの場合は、覚悟と、意志だよ。才能じゃない」

　先生は言った。護身術を中心に教えてはいるが、かつてはそれなりの選手だったという先生は、選手としての空手を辞めるきっかけを遠い目をしながら語ってくれた。

「腕前はよかった。人を打倒することも特に苦ではなかった。でもある日、バットを持った暴漢に友達が襲われた。正直、素人が振るうバットよりも、有段者の蹴りの方が怖い。それがわかっていたのに、私の目の前で友達が滅多打ちにされるのをただ見ていることしかできなかった。その時思ったんだ。ああ、私は何の覚悟もしていなかったんだな、と。だから、競技者としての空手を辞めた。覚悟がない私が、ただ面白いからという理由で、試合で相手を殴る。それは、暴漢が人を襲うのと何が違うんだろうと悩んで、答えが出なかったから。結局、才能がなかったということだろう。戦うという、才能が。私にあったのは人を殴る才能だけだ」

先生はふっと笑った。

「それから護身術を中心に教えている。空手有段者の私でも、覚悟と備えがなければ悪意を持って襲ってくる暴漢には対処できない。なら、覚悟がなくてもせめて備えがあればどうだろうかと考えたんだ。少なくとも、どうしていいのかわからなくて混乱するよりは、どうするかを知っているだけでも違うかもしれない。空手が、何かのきっかけになればいいかと思ってね」

「その後、暴漢に襲われたことは？」

「それが全然」

先生は苦笑いをした。

「今ならなんとかできるつもりではあるよ。でも、可能ならあの時に戻りたい」

「どうして？」

「だって、襲われた子の傷は消えないから。私の傷も。あんなに仲が良かったんだがね……」

それ以上のことは聞けなかった。きっと、取り返しがつかなかった。先生はこれからもそのことを抱えて生きていく。

私は、どうだ。私は覚えているぞ、刺されて死んだことも、潰されて死んだことも、首を折られて死んだことも、全部覚えているぞ。

そう考えて、無性に腹が立ってきた。誰のせいでこうなっている。由宇だと思ったが、怒りの矛先は違う。私を襲う奴が悪い。虫も、あの女も。先生は才能はあるのに、覚悟が足りないと言った。護身術とはいえ、相手を怯ませるには一撃を加える必要がある。覚悟がないと、いざという時に躊躇することもあるだろうって。逆に、覚悟があれば。私を襲うことが分かっている奴に、先制打を加えることができるだろう。

キィ、キィ、とベビーカーの音が聞こえた。私はつかつかと歩き出し、管理人室の外にあった自転車の空気入れを手に取る。肩が気力でいかって上がっているのがわかる。私は空気入れを力いっぱい握りしめると——

「わあぁあああっ！」

何も知らずに歩いてきた蝶女に向けて、空気入れを片手に襲い掛かっていた。

# 第三章 狂気と脱出

私は何度も蝶女に襲い掛かった。だけど、蝶女は強かった。明らかに何かの対人技術を備えている蝶女の動きは、襲い掛かられてからでも反応が速い。そして一撃を入れた後も、覚悟がある相手というのは、そう簡単には怯んでくれない。

最初の襲撃は避けられ、あっさりと腹に鋏を突き立てられて、捩じられて殺された。二度目は声を押さえて襲い掛かったが、それでも反応されて顔に鋏を突き立てられた。三度目は笑顔で油断させてから襲い掛かると、一撃だけは頭に命中したが、それから背後に回られて首をへし折られた。

利点は、蝶女は私がいきなり襲い掛かることを想定していないこと。これで同時に死に戻っていないことがわかったが、私が死に戻っているのを知っている節はある。武器が足らないのかと、その辺の空き部屋から武器になりそうなものをかき集めた。落ちているネジ、誰かが忘れた台所の錆びた包丁、傘立て。重量があって、武器になりそうなものは、このくらいしかないだろうか。

いいや、ある。蝶女が持っている武器はどれもが鋭く、丁寧に手入れされていた。あれを奪うのが確実だ。

　ある程度の技術と覚悟があっても、本格的に鍛えていない私では、蝶女と正面から戦うのは無理だ。あるいは蝶女は化け物になったことで、反射神経や筋力まで強化されているのだろうか。由宇やアキに説明して、協力を仰ぐ時間はない。やるなら私一人の方が確実だ。

　結論、不意打ちしかない。曲がり角で、襲い掛かる。それまでに集められる武器は、空気入れと、錆びた包丁だけ。ネジは役に立ちそうにないし、包丁は扱ってわかったが、何かで手ごと固定しないと武器としては使い物にならなかった。暴漢の刃物を叩き落とす技を教えてもらったのは、ちょっとした衝撃で固定されていない武器は落としてしまうからかと、今更実感をもって理解する。

　角で待ち伏せる、襲い掛かる、殺される。アキと由宇が怯えたような目で私の行動を見つめる中、都合十七度。

「か、勝った……ひ、ひひっ。ひひひっ、ははは――っ！」

　ついに蝶女を殺した。最後は金切鋏を首に突き入れて捩じってやった。どうやって今までの殺され方を返してやろうかと考えていたが、そこまで考える余裕はなかった。さすがに女は絶命したが、私も袈裟懸けに斬られて重傷だ。もうまもなく私は死ぬだろう。

遠くに、怯えた様子で私の戦いを見守っていたアキと由宇が見える。ごめんね、驚かせて。次はもっと上手く殺すから。だけど今は、今だけは笑いが止まらないの。だって、ようやく一つ目標が達成できたんだよ？　私、成長したんだ。それとも、由宇が好きな言い方をするならレベルアップしたのかな？

その考え方はおかしいのかなぁ、とふっと思ったが、それを考察する時間は今の私には残されていなかった。

＊＊＊

「うん、これが正解か」

それからさらに十数度。ついに無傷で蝶女を殺すことに成功した。手順がわかってしまえば、やり方は簡単だ。まず錆びた包丁を空き部屋で手に入れる。この時、固定するものを手に入れようとすると時間がなくなる。つまり、接近戦で使うのは失策だ。それに包丁の切れ味も悪いから、どうやっても致命傷にならない。

まず角で待ち伏せ、空気入れで頭を殴る。蝶女が怯んだ隙に、ベビーカーの座席に置いてある金切鋏を奪っておく。次に、錆びた包丁を投げつける。怯んだ蝶女はそれが何かを判断する余裕もなく、とりあえず避ける。この時ちょっとでも躊躇があると、相手は手の甲で包丁を弾くか、多少の怪我を覚悟で突っ込んでくるので注意だ。

そして空気入れも投げつける。タイミングがよければ、相手はこれを受けて後ろに仰け反る。その隙に前に出て、入れ違い様にベビーカーを後方に遠ざける。この時、取手の部分を左九十度に回すと、取手が外れて仕込み刀となる。

ベビーカーを遠ざけられた蝶女に武器は少ない。エアガンは構える余裕を与えないことで対処。内腿に仕込んでいる苦無《くない》を抜こうとするが、これもタイミングよく踏みつければ苦無で相手の太腿を貫くことができる。この時、まだ仕込み刀は使わないことがコツだ。蝶女は刃物の扱いに慣れている。使ったことのない刀では、苦無にすら引けを取ることは既に三回も試し済みだ。

動けなくなった蝶女は変身して口吻で攻撃してくる。その先端の動きは速いが、鞭と同じで攻撃力があるのは先端だけだ。頑丈だが、狙いは単純で、必ず目を狙うことも経験済み。金切鋏で挟んでやれば、悲鳴を上げて口吻は固定される。こうなれば蝶女はもう無力だ。あとは仕込み刀を頭の上に振り下ろすだけ。わかってみれば、簡単なことだった。

蝶女に念入りにとどめを刺し、アキと由宇の方を振り向くと、訳も分からず怯えていた。首を傾げた私だが、はたと思いつく。これでは、突然住人に襲い掛かった変質者は私の方じゃないか。言い訳を考えようとして、それも面倒だなと思い至る。

「大丈夫だよ、二人とも。この人、連続殺人犯だから」

「れ、連続殺人犯？」

「だって、ベビーカーにこれだけ武器を搭載しているなんて、どう考えてもおかしいでしょう？　ほら、頭の形が人間じゃないし」

「だ、だからって、どうしてそんなことを知っているんですかぁ？」

由宇の言葉を聞いて、言い訳が思いつかなかった。

「それは、乙女の秘密ってことで」

「えぇ～？」

「とりあえず先に行こう。まだヤバイのは沢山いるから。ああ、そうだ」

蝶女の懐を探り、携帯電話を奪っておく。電話帳を探るが、ほとんど番号が登録されていない。おそらくは実家の番号と、不明な携帯番号が一つ。あとは着信履歴に、登録のない番号が一つ。かけ直してみたが、繋がりはしない。実家らしき番号にかけてみると、母親らしき中年の女性の声が聞こえた。

「はい、高敷です」

そこで電話を切る。高敷と言うのか、この女。殺して初めて、その名前を知った。

一応、記憶に留め置こう。

そして驚いたのは、見知った番号があったこと。この番号は――私の好きな数字だ。

パスワードとか、暗号に使うやつだ。どうしてこの女がこの番号を――私は震える手で、その番号にかけてみた。

「はい、藍沢です」

声が聞こえると同時に、ピッ、と電話を反射的に切った。動悸が止まらない。今更、この女の正体が気にかかった。どうしてこの女は――

「た、たまひ？　大丈夫？」

アキが心配そうに、こちらを覗き込んでいる。こんなイカレた行動をする私を、まだ心配してくれている。こういう時には、髪留めに触れると気持ちが落ち着く。そうしてアキの肩に手を置いて力強く頷くと、先に進むことにした。今はまだ、先にやるべきことがある。

＊＊＊

「そうだ、あいつらもやっつけてみよう」

化け物虫と、巨大芋虫。あいつらを同士討ちさせることはできるし、堂貫さんの家にいればやり過ごすこともできるみたいだが、展開によっては堂貫さんの協力が得られるとは限らないこともわかった。堂貫さんはそもそも不確定な対応で、あの時集団自殺で地下への扉が開いたような出来事は、以後二度と経験することができなかった。タイミングだったのか、初めてゆえの私の感情が堂貫さんを動かしたのかはわからないが、再現不可能な状況のようだ。

そうなると、一定の数の住人を倒して奥への通路を開く必要がある。堂貫さんの挙動が一定ではないこともあり、その二体を倒すことにした。

武器はある。それに改めて周辺をよく探せば、消化器も見つけることができた。初手こそ不覚を取ったが、目くらましさえあれば、所詮虫だった。蝶女とは比べ物にならないくらいの手ごたえでしかない。

それでも何度かは死んだが、それぞれ八回目、五回目の挑戦で殺し方は安定した。化け物虫はなぜか由宇に執着するので、由宇で階段下までおびき出して、アキが消火器で目くらましをする。そして私が背後から頭を刎《は》ねれば、それで死んでくれる。私の説明も手慣れてきたせいか、アキも由宇も割と手際よく参加してくれた。というか、アキも由宇も躊躇いがないし、運動神経がいいなぁ。

そして巨大芋虫は私に執着するが、なぜかエレベーターから登場しようとするので、エレベーターに乗ったことを確認し、その後エレベーターを強制停止して、ケーブルを切ってしまえば呆気なく倒すことができた。エレベーターの中が死んだ芋虫の体液と肉片で悲惨なことになるが、もう一つは使えるし、あれほどの衝撃でも誰も出てこないところを見ると、本当に皆おかしくなってしまったか、あるいは饗宴に参加しないために、必死になって隠れているのだろう。

もう一つ、可能性を考えないでもなかったが、それはまだ現段階では何とも言えない。記嶋名義の手帳には、そのことが書いてあるだろうか。

おかしな救急隊は呼ばない限り、基本的にこちらに来ない。そして夕暮れ時は、饗宴が次の段階に進まなければ、進行しない。蝶女、化け物虫、巨大芋虫を倒したことで、次の段階への通路が棟の継ぎ目が開くようにして出現した。奥へ、奥へと進むと、いつの間にか外階段ではなく、古いマンションへと入り込んでいるのだ。

記嶋なる人物は、どうやってこの不可思議な空間へと住居を構えることができたのだろうか。あるいは、黄昏時だからたまたまなのか。真実はわからないが、ようやく手帳があった部屋に戻ってきた。今度は由宇も一緒にいるから、一歩進んだ気がする。改めて、ある程度時間を取って手帳を読むことができるだろう。電話が鳴っても、取りさえしなければイベントは進行しないはずだ。

私は扉を開いて、部屋の中を確認した。水も、食料も、シャツも、黒電話も一緒だったが、手帳だけがなくなっていた。それが何を示すかはわからないが、ゆっくりとポケットの中の手帳を調べる時間はできた。これで駄目なら、もう一度堂貫さんのところに戻ろう。やり直しは、覚悟さえあれば何度でもできるのだから。

ドキドキしながら手帳を開くと、無事中身が戻っていた。やはり、ここでしか読めないようになっているのか。私が手帳を開くと、「記嶋って書いてあるけど、お父さんかな」とそれらしく説明して、続きから読み始めた。

「このマンションに住み始めてから、三か月が経過した。調査は順調で、協力者も増えてきた。同人即売会で行方不明になったグループがかつていたとのことで、彼らと仲が良かった人たちも協力してくれることになったし、大学の研究者もこの土地に注目している。それに救急隊にも怪しんでいる人物がいた。なんでも救急車の要請件数と、それに応じた救急隊の記録に齟齬《そご》があるらしい。闇の救急隊というべき存在が実在しているようだが、同人界隈ではイケメン救急隊として認知されているようだ。ネーミングセンスはあれだが、人の口に上るほどには噂になっていたようだ。そんなことも知らずに、我々は他人ごとのように日常を暮らしている。すぐそこに巨大な闇が口を開けていることにも気付かず、我々は平和を謳歌している。その平和は、いつ崩れるのか」

「なんだか、記嶋本人みたいな言い回しだね」

「そうなの?」

「学級新聞とかあいつが作ってたろ?　言い回しが大袈裟だって、皆にからかわれていた」

「覚えてない……」

「あんたは～」

アキに嫌味を言われながらも、次に進む。

「驚くことに、政府機関にもこの町を問題視する人物がいるようだ。既に政府機関から、エージェントが派遣されているらしい。それに一般の団体にも、相当この町を異常視する人たちは多かった。味方は多い、だがそれ以上に敵の得体が知れない。個人で足を踏み入れるには危険過ぎる案件かもしれない。だけどあの人は言った。ケリはつけなくてはいけない。でなければ、誇張ではなく世界が変化してしまうとも。迷宮については、ある程度以上条件を調べることができた。現実に饗宴が起こってみないと何とも言えないが、このマンションを斡旋している不動産屋には知り合いがいる。彼から聞き出した情報から推測される条件を、以下に示す」

手帳には、条件らしきものが羅列してあった。

「アムリタの饗宴は、おおよそ五年に一度強制開催される。その原因は科学と魔術の応用のようだが、装置の止め方を誰も知らないため、未だに稼働し続けているとのことだった。この町で五年に一度一斉停電が起きるのも、アムリタの饗宴が開催されるせいだ」

「一斉停電？」

「あー、そういえば五年に一回くらいあるよねぇ。大きな停電。寝てたら終わってたこともあるし、すぐに復旧したこともあるし、それほど気にしていなかったけど」

「そういえば、この町って電気代高いですよねぇ」

由宇の言葉に、私はアキと目を見合わせる。

「そうかぁ？」

「そうですよぉ。中学生になってから引っ越してきたからわかりますけどね、他の町より二割くらい高いです！」

「それは知らなかったけど、ひょっとしてその電気代って――」

この場所にある、地下の施設を維持するために使われているのだろうか。誰もが知らない事実が明確に目の前にあるのに誰も気付いていない。そのことに、言いようもない恐ろしさを感じる。

手帳は続く。

「饗宴の参加者は、基本的にマンションの住人全員となる。つまり、次回の開催まで私も無事でありさえすれば、参加できるということだ。最初は住人が積極的に参加していたが、いつしか饗宴は異形を呼び込み始めた。それがかしげ病の副産物である死蝋兵によるものなのか、あるいは超兵計画のために行おうとした下手糞な遺伝子操作のせいなのか、はたまた魔術によって異界とこのマンションがつながったせいなのか、それは僕にはわからない。だから最初は奉納と感謝祭でさえあったこのマンションの饗宴は、その時に出現する異形のせいで、いつしか凄惨な殺し合いの儀式へと成り果てた。アムリタとは不死の霊薬なのに、その霊薬を求めて殺し合いをするとは、なんという皮肉だろうか！」

「饗宴の時だけ、異形が出現するのか？　あの化け物虫や、あるいは巨大芋虫のように？」

「さすがにそうでなきゃあ、普通の時に誰かが気づくでしょう」

「続きがありますよ！」

　由宇が頁をめくった。

「このマンションに住んでいる住人は、基本的に何かしら弱味のある人間だ。経済的に苦しい、病気がある、家族に見放された、あるいは犯罪者など——普通の住人はあまりいない。だから互いに交流も少ない。そのせいで、巨大さの割にお互いに顔を合わせることは少なくて——救急車が来ても、顔を出しもしないことが多い。かといって、隣に化け物が住んでいたら流石に気付くだろう。堂貫さんは答えてくれない。だけど僕もちょっとずつ理解し始めた。このマンションに住んでいる者は、少しずつ化け物になっていくのだと。僕にも変化が出始めた」

　手帳の持ち主が語る。そこからは筆跡が徐々に乱れ始めている。自信に溢れた達筆だった字体は揺れ、乱れた心そのままに蚯蚓《みみず》が這ったような文字になっていった。

「ある日から、おかしな夢を見始めた。巨大な虫が空を飛んで、戦闘機を撃墜する夢だ。戦闘機はミサイルを打ち続けるが、虫は撃たれても撃たれても、特攻兵よろしく突撃して戦闘機と相打ちになる。そうして戦闘機は撤退を始め、虫の軍団が空を占拠して町は虫に占領されるという夢だ。歓喜に打ち震える国民を見て、僕は吐き気が止まらなかった。別の日には、手から虫が湧き出る夢を見た。腕よりも太いくらいの虫が飛び出たはずなのに、それほど痛くなくて。僕はそのまま仕事に集中するため、カフェに向かうと、女の子たちが虫の話をしている。昨日、ついに腕からおっきな虫が出てー。それで、ついにー蝶になった、みたいな？　じゃあもうすぐお迎えだねー、なんて嬉しそうに。はっとすると、彼女たちは他愛ない会話をしていて、気が狂いそうになった。その日、家に帰って飲んだ水だと思ったのは虫だった。思わず吐き出したが、改めて見ると、やっぱり水だった。この土地の水は飲んではまずいのでは。今更そう思うようになった。僕の頭はおかしくなっているのだろうか。それとも世界の方が狂っているのだろうか。耳鳴りだと思っていた音が、蠅《はえ》の羽音のように聞こえてきた。誰か、助けてくれ。たとえあの人の依頼でも、もう限界が近い。死ぬのも怖いが、それ以上に自分がおかしくなった後、何をするのかわからないのが怖い」

アキがペットボトルをラッパ飲みする手を止めた。ペットボトルの水だから安心していたが、その顔は青ざめている。ヨモツヘグイじゃないんですから。そんなことを由宇が隣で呟くと、安心したようにアキは水を再度飲み始めた。飲む時にやたらと下品に音を鳴らすが、アキってこんなだっけか。男勝りなのに、そういうとこは淑《しと》やかにするばずなのに。

少しだけ首を傾げて読み進めると、手帳の文字に乱れる部分が多くなっていく。

「限界が近づいているのかもしれない。会社ももう休みがちになっている。目が覚めたら夕方だったこともある。時間の感覚も、少しずつ曖昧になってきた。ならば、意識がしっかりしているうちにやれることをやってしまわないといけない。マンション内を探索するうち、地下に繋がる通路を見つけた。随分と古い通路だが、使えないわけでもないらしい。そこを下っていくと、彫像のようなものが沢山陳列されていた。人間のようで、人間じゃない。首が曲がっているところだけはまるでかしげ病患者のようだが、これはなんだ。触れてみると、まるで蝋のようにざらつき、表面がぱらぱらとはがれた。そうとうな時間が経過している。来るたび、像の形が違う気もするが、もうどうでもいい。自分が見ている光景が正しいとも限らない。こうして記述していないと、何が正しいかすらわからなくなる。さらに奥に進むと、大量の資料が見つかった。それらを持ち帰って読むことにする」

手帳の記述がとんだ。どうやら資料を読み込んでいたらしい。次の記述は二十日後だった。意識は冴えわたっているのか、文字は元通り綺麗な筆跡だった。

「とんでもない事実を発見したかもしれない。地下の施設は旧日本軍のものだが、それを引き継いだ民間団体が科学と魔術を融合させて作り上げたのが、アムリタのシステムだ。アムリタは完全ではなかったが、ある程度まで完成していたのだ。アムリタは生物の寿命を延ばす。人間以外で試した時には、最大二倍近い寿命を発揮した。人間なら、若い時に摂取すれば、下手をすると二百歳近くまで生きられるということか」

「ええっ、まるでゲームの世界みたい」

私は驚いて声を上げたが、アキと由宇は驚く様子もなく、次、次と急かしてきた。

「ただし、アムリタの代償は大きかった。魔術を使った代償なのか、いつの間にか世界は異界と繋がりを見せるようになり、その境界が非常に曖昧になっていったのだ。特にこの土地はそれが顕著で、こちらの世界には本来ないものまでもが出現するようになった。巨大な虫などがその一端で、ひょっとしたらあの夢は、他の異界では現実に起こっていたことかもしれない。アムリタは寿命を延ばし、人間の体を再生もする。ただし、元の通りに再生するとは限らない。欠損部分は異常な隆起を示し、知性はどんどん下がり、やがてケダモノと変わらぬ状態になったそうだ。最初は戦争での怪我を癒す特効薬として開発されていたが、結果生まれたのは地下に陳列されていたあの化け物らしい。彼らは初期のアムリタの副産物で、死蝋兵と名付けられた。初期の実験の成果がよかったせいで沢山の人間——たとえば医師に匙を投げられた病気の人間にも投与されていたが、そのせいで思ったよりも死蝋兵は沢山生産されてしまった」

「死蝋兵──」

この前の時に地下で私を襲ったあの化け物たちがそうか、と想像する。

「死蝋兵は暗闇も関係なく移動することができ、極端な再生能力を誇る。四肢をちぎったり、真っ二つにされても死なないらしい。殺すには燃やし尽くすか、粉々に砕くかのどちらかが必要なようだ。また巨大化する前であれば、とりあえず首を折れば活動は停止するようだ。かつて死蝋兵は自由に動き回っていたが、アムリタの女神が活動を制限されてからは、基本的に眠りについているらしい。たまに肥大化前の個体は何らかのきっかけで動き出し、町に彷徨い出ることがあるらしいが、基本的には全て地下に廃棄されている。これに関しては知られると社会的混乱をきたすため、対処するための個別の機関が政府に存在するらしいが、この団体も個別に始末屋を保持していた。それが高敷の家系なのだが──」

「高敷」

先ほどの女の苗字だ。だからあんなに戦えるのか。いや、だけど彼女も虫になっていたような。どういうことだ。だが手帳には高敷の家系については、それ以上の言及はなかった。かなり秘匿性が高いか、あるいは本筋に関係ないと判断されたか。

手帳は次の話題に移った。

「アムリタの精製装置を稼働させておくと、異界との境界線が徐々に曖昧になることがわかってきた。だがアムリタの恩恵は必要だと彼らは考え、連日のように議論が交わされるも、結論はいつまでたっても出なかった。そうこうするうちに、自らアムリタを停止するために身を捧げた女性がいた。それがアムリタの女神と呼ばれる存在で、その正体は――いや、この事実は報告しないでおこう」

「肝心なところが！」

思わず叫んだ。隣でアキと由宇がひそひそと話し合っている。

「アムリタの女神って、有名ですよね～」

「私でも知ってるぞ」

そうだったのか。やっぱり私だけが常識がないのだろうかと肩を落とし、読み進める。手帳も残り少ない。文字は再び震えるようになっていた。

「今日は蠅の音が酷い。どうやら限界が近いようだ、手も震えている。ともあれ、アムリタの女神となった女性のおかげで、異界との融合は遅れることになった。我々の世界は保持され、同時に数年に一回、アムリタの恩恵も受けることができる。なんと素晴らしい成果であろうか！　この成果を称賛された我らは、その報酬として一生涯をこの土地で暮らすことを確約され、この土地でこの国のために尽くすことが決まったのだ！　以降、この国は戦争に大逆転勝利し、陛下の御世が百年続く基礎が作られたのである！　私もその一端を担うべく、これからアムリタを勝ち取る――いや、もうそのおこぼれはいただいて――、ああ、蝿の音がうるさい、うるさい、うるさい――蝿に、なりたい――いや、もう、背中に、羽、が――ああ、だから羽音がずっとして――ごめんな、さい、たま――」

そこで手帳は途切れた。どうやら記嶋と記された人は、人間ですらなくなったらしい。それどころか、途中から正気を失っていた。あの手帳を最後まで読むように言ったのは、どういう意味だったのか。あの電話の主は正気に聞こえたが、この手帳の主とは同じではないのか。あるいは、これが鍵だとは何だったのか。そういえば、もう一つの鍵とは――

ブゥウウン、と、背中から突然羽音がした。由宇とアキは、肩を掴むようにして背中から私の手帳を覗き込んでいる。その手の様子がおかしい。私の右肩を掴む由宇の手は、鎌のように変化していた。由宇はもう最初から一部が虫になっていた。私を殺した時以外は虫になる徴候は出ていなかったが、いつそう変化してもおかしくなかったはずだ。

だけど、私の左肩を掴む、アキの右手はなんだろう。この、毛むくじゃらの右手は。呼吸が速くなる。背後を振り向くのが怖い。いつから、彼女たちは、アキは変化していたのだろう。そうか、あの時電話でも混乱していたんじゃなくて、もうあの時には――

両肩を握る二人の手に、力がこもった。

「この手帳の持ち主さんは、幸せでしたねぇ」

由宇の声が右肩の後ろから聞こえた。その熱い息が、長く吐かれた。

「そうだね。きっとアムリタの女神に召し出されたに違いない。名誉なことさ」

アキの熱っぽい声が左肩の後ろから聞こえた。

「さて、これからどうします？　手詰まりのように思えますが……まだ諦めませんか？」

「そうだなぁ、たまひは充分頑張った。そろそろ探索を終わってもいいと思うけどな。女神に全部委ねれば楽だぞ？」

もうやめよう。そう二人は言っている。その通りだ、もう充分頑張った。何度も死に戻って、そのたび辛い思いをして、それでも元に戻らないんだ。諦めてしまおうか。いや、これはアキじゃない。アキがこんなことを言うものか。私のアキは、由宇は、どこだ。どこに行った！

ジリリリリン、と突然黒電話が鳴った。後ろを振り返ることなく、手を振り払うようにして前に進み出た。そして黒電話を取ったのだ。

「もしもし、たまひです」

「……たまひさんか、すまない」

声の主は、前にここで聞いた男の人の声だった。声の向こうからは羽音が聞こえる。

おそらくは、この手帳を書いた後なんだろう。

「手は尽くしてみたんだ。だけど、僕には無理だった」

「手帳を全部読みました。調査、ありがとうございます。記嶋さん、でいいのかな。いえ、記嶋君、ですか？」

確証があったわけではない、だけど推測で告げてみた。この電話の主は、記嶋君だ。記憶にはあまりないけど、私のことを好きだと噂のあった記嶋君なのだろう。私にも、少しだけ記憶がある。夕暮れの教室、文化祭の準備。誰もが忘れていた雑事を、一人で一生懸命片付ける彼の記憶が。どうして忘れていたのだろう。私は彼に声をかけたのだ。

「どうして一人で頑張っているの？」

彼は驚いたようにこちらを振り返った。そして、寂しそうに微笑んだ。

「誰かのせいになんて、したくないから。皆で作ったものだし、気付いたのがたまたま僕で、たまたまその時、他に誰もいなかったから」

「君は良い人なんだね」

名前すら呼んであげなかった。でも彼は恥ずかしそうに顔を赤らめて——夕陽に照らされた彼の顔は、輝いて見えた。

私はバスケの練習があったから一緒に何もしてあげなかったけど、練習が終わった後もまだ教室に明かりがついていたのを覚えている。次の日、展示物は見事に完成していた。皆誰かがやったのだろうと気にも留めなかったが、私だけは誰が作ったか知っている。そして彼が、いつもよりも少しだけ誇らしそうにしていたことも。

私は、自分のことを誰かに誇れるだろうか。一人でも、彼のように頑張れるだろうか。電話の向こうの声は、少しだけ泣いているように聞こえた。

「……わかる、の？」

「多分、そうだなって想像だけ。ねぇ、私はこれからどうすればいいと思う？」

「わからない。わからないけど、久しぶりに会った君は、僕が知らないほどに冷たい表情をしていた。まるで機械みたいで——この世の全てに絶望したみたいに暗くて鋭利な目をしていた。なんでも一人でやってしまえるけど、何も必要としていないように見えた。これは僕の推測だけど、君はまだ、違うんだろう？」

記嶋君の言うことが、少しだけ理解できた。異界とは、何か。つまり、そもそも世界が違っているのか。私は死に戻っているんじゃない。死んで、異界を移動しているのか。死に戻りではなく、転生に近い。そのたび、少しずつ元の世界からずれていっている。私のもらったアムリタだけが、違うのか。それとも別の原因か。

この記嶋君も、おそらくは私の知っている記嶋君じゃない。だけど、きっと同じ魂をもっている。だから私のためにここまでしてくれるのだ。由宇も、アキも、同じか。

「ええ、私は二人を助けたいわ」

「なら、まだ試していないことがあるはずだ。アムリタの女神には、直接会っていない――いや、捕まる以外の手段では会っていないね？」

「ええ」

「直接会えるはずだ。死蝋兵がいる領域を突破して、さらに地下。そこに女神はいる」

「どうやって突破するの？」

「あそこは、元が精神科病院だ。つまり、患者は元来隔離されているもので、研究者と患者の生活範囲は別のはずだ。広そうに見える場所は全て患者の生活範囲で、本来研究者はそれほどのスペースを必要としていない。つまり、降りるための場所は構造上、それほど複雑になっていないはずだ。奥に進むのは、間違っている」

記嶋君の言うことはなんとなく理解できた。つまり、最初の入り口近辺に下に降りる通路があるはずなのだ。患者の生活範囲には、脱出する場所はない。

「だけど、明かりがないの。明かりをつけると、あいつらが寄って来るし」

「明かりがなくても、君なら辿れる。君の能力はなんのためだい？」

そうか、死の匂いを頼りに行けばいいのか。でも、それほど能力を全開で使えるものだろうか。私でも自信がないことを、記嶋君は確信をもって続けた。

「僕の知っているたまひさんは、死の匂いで全てを予知することができた。その能力を使って、とても多くの人を助けていたんだ。航空機の事故や、テロを防いだこともある」

「ええっ⁉」

「本来僕なんかじゃあ話すこともできない、政府直属のエージェント。それが僕の知っているかつての君だった。君も、近いことができるはずだ。今でもただの無力な女子高生じゃない。さぁ、信じて！」

その言葉に、不思議と力が湧いてくる気がする。私は無力じゃない。そう、まずは信じることだ。後ろの羽音になんか、負けるものか。

だから酷いのを承知で、彼にもお願いをしてしまうのだ。

「力を貸してくれる？」

「そう言われたら、断れないってわかっているでしょう？」

「違うの？　思い出分、働くんじゃなかったっけ？」

「その言い方、さすがたまひさんだ。世界は違っても、君の魂はそのままだよ。すぐに行く、少しだけ時間を稼いで」

電話が切れた。今度は電話線が虫で膨らむこともない代わりに、背後の羽音が一層大きくなる。どういうつもりなのだろうか。彼女たちはまだ、彼女たちのままなのだろうか。いや、そもそも彼女たちらしさとは、なんだったのだろうか。

由宇は私と知り合う前から、このマンションの一部のようなものだった。だけど、家族を心配する彼女が、全て嘘だとは思わない。私にとっての由宇は、一緒に過ごした時間が全てで、それが真実だ。彼女と過ごした時間は、全てじゃなくても心地良いものだった。あの教室で見せる笑顔が、全て嘘だとはとても思えない。

　アキはいつから取り込まれたのだろうか。最初にここに来た時、既にペットボトルの水を飲んでいた。あれが原因だとしたら、もう最初からこのやり直しは詰んでいることになる。いや、その前にもスマホの時計がずれていた。あのアキが、既に違う異界から来たアキだったとしたら。だけど、だからといってアキの性格が変わっただろうか。アキはいつも私も由宇も心配してくれていた。小学校の頃から知っているアキの魂が変わるわけじゃない。記嶋君にとっての、私が変わらないように。

　必要はないかもしれない。でも時間を稼ぐ。やれるだけのことはやってみようと、私はある質問を考え付いた。

「ねぇ、アキ、由宇。基本的なことを聞いてもいい？」

「どうしたぁ〜たまひ〜」

「なんですかぁ〜たまひさん〜？」

　背後から届く二人の声が、それとは違っている。どこか地の底から響くような、理性を手放した声。聞いていて、胸が痛い。

「今って、平成何年だっけ？」

「たまひ〜すっとぼけているなぁ〜」

「そうですよぉ〜平成って、なんですかぁ〜」

ああ、やはりそうか。カマかけが通用しないこの世界は——

「今は、昭和九十八年ですよぉ〜。東亜地域大戦争に我が国が奇跡の逆転勝利をして〜世界にまたがる大帝国を築いてから〜七十年が経過しました〜」

「子どもでも知っているぞ〜たまひ〜」

背後の声が、きゃっきゃと、囃し立てる。その声は、もう不快な振動音にしか聞こえないが。

「御虫様の果敢な突撃で〜、我が国を脅かす脅威は世界にいません〜」

「そうだぞ〜。このマンションに来たのも〜、まだ御虫様の力を授かっていないたまひが恥ずかしいって言うから〜。手順はちょっと違うけど〜な〜」

「そうそう〜、ひと夏の経験には遅いですけど〜。きっかけがあれば〜なんでもいいですよね〜。ねぇ〜約束どおり虫変化《コスプレ》しましょうよ〜」

背後の声が段々とアキと由宇から遠ざかっていく気がして、覚悟を決めて現実を振り返った。

「なんでも良くない、そんなコスプレは嫌！　私は、私は——」

そして振り返って後悔した。そこには、顔面を完全に化け物虫のように変形させた由宇と、半分が芋虫のように変形したアキがいた。つまり、つまりは――

「あ、あの化け物虫と、巨大芋虫は――由宇と、アキ？」

だから化け物虫は由宇に執着した。自分そのものを真っ先に殺しに来たのだ。あるいは、人間のままの自分が妬ましかったのか、それとも、この体の方が自由だと思ったのだろうか。ひょっとしたら、半ば化け物となっていた自分を殺して、私を助けようとした？

巨大芋虫が私を助けたのは、アキの本能なのだろうか。あんな姿になって人間の理性を失っても、私を助けようとしてくれたのだろうか。あるいは、人間としての理性を失っていなかったとしたら？

私は思わず胃の中身を逆流させた。念入りに化け物虫にも、芋虫にもとどめを刺した。どのくらいで死ぬのか、試した時もある。おおよそ私が殺されたが、私は友達を何度も殺していたのか。あまりに酷い繰り返しに、私は思わず崩れ落ちた。

「うぅー……そ、そんな。そんなことって」

「あああ、もったいないなぁい。たまひさんのぉ～」

由宇が私の吐瀉物《としゃ》を地面に這いずって舐めとり始めた。それが余計に気持ち悪くて、私は再度吐いた。もう由宇に、人間だった頃の記憶はほとんどないのか。ほとんど虫に近づいてしまったのか。

アキはそんな由宇を見下ろしながら、軽蔑するような視線を向けた。

「由宇って、絶対変態だよね～。あぁ～変態する虫は私か～綺麗な蝶になれるかなぁ～」

「なれませんよぉ～。芋虫型は芋虫型のまま～蝶型は蝶型のままです～。ま、あんな目の模様がある気持ち悪い蝶がいいならそれもありですが～。あぁ～人間の体液おいしい～。もう我慢できません～」

ぬるりと、由宇が起き上がった。

「も、もう無理～。ちょ、ちょっとくらい食べてもいいですよね～？」

「だめだぞ～、由宇。たまひが虫になったら、それはそれは綺麗だからさ～。それにちょっとくらい食べても再生するからさ～そうなってから互いに食べあおうぜ～」

「嫌ですよ～たまひさんが毛虫みたいになったらどうするんですか～。私、毛虫アレルギーなんですよ～。それにそれに～、人間のままの方がおいしいし～」

じゅるり、と由宇が涎《よだれ》を吸い上げた。吸い切れなかった涎が地面に落ち、煙を上げる。見れば、アキも口から涎を垂らしていた。

「そ、そうだよな～人間のままの方がおいしいよな～」

「それにそれに～、好きな人の味って極上って言うじゃないですか～。アキさん、お試しあれ～」

由宇がそう言うと、アキが急に怒って由宇に飛びかかった。

「馬鹿、お前～たまひの前でなんてこと言うんだ～！」

「もういいじゃないですか～、虫になったんだし～、人間の倫理観なんて当てはまりませんって～」

「恥ずかしいんだよぅ～」

「痛っ、痛ぁい～。アキさん、照れ隠しにしてはちょっと痛過ぎる～！」

アキと由宇にぶつかる状態で、争いを始めた。ああ、エレベーター前の再現みたいだ、と私は思いながら、眩暈《めまい》がするこの状況をなんとか堪えて立ち上がった。気づかれないように、静かに、静かに。ふらつく足取りをカウンターに掴まって支えながら、なんとか歩いていたが、散乱したペットボトルから漏れ出た水で、運悪く滑ってしまう。

「きゃっ」

「ああ～アキさぁん、こんなことしてる場合じゃないですって～。逃げられちゃいます～」

「そうだな～今はたまひを捕まえるぞ～。一番噛みは私だからな～？」

「じゃあ私は二番噛みでいいので～、太腿いただきます～」

化け物となった二体が襲い掛かってきた。いかに戦い慣れたとは言っても、二体同時の経験はない。それに身体能力は人間のままで、ましてまだ二人とも人間の頃の面影を残しているのだ。ここまでか。そう考えた時、二体の方から死の匂いが漂ってきた。

「え？」

その瞬間、窓ガラスが割れて巨大な蠅が突撃してきた。蠅は二体の首根っこを押さえると、私の手前で地面に叩きつけて押さえた。

「ぎゃあっ？」

「ひえっ？」

二体は身動きできぬまま蠅は私の方をじっと見ると、それ以上何もしなかった。死の匂いから逃げるように立ち上がると、玄関の方に向かった。あの蠅は、きっと――

「記嶋君？　ありがとう！　アキ、由宇！　きっと私がどうにかするから！」

外に出ながら、決意を新たにした。このままでは駄目だ、方法を考えないと。もし死に戻りではなく、死ぬ度に元の世界からずれているとしたら。二人はどんどん人間から遠ざかることになる。いかに魂が元の二人だとしても、きっかけ次第では先ほどのように虫に意識を引っ張られるのだろう。

どうすればいいのか。元の中庭に戻りながら、その時中庭の地面が開くのに気付いた。おそらくは、アキと由宇が死んだ。地下を開く条件の人数を満たした。だから開いたのだ。

どうするべきか。悩んでポケットに無意識に手を入れると、蝶女の携帯電話に当たった。私ではこの地下を突破できない。マッピングするにしても、相当数のやり直しが必要になるかもしれない。最少の犠牲で、最大の効果を得るにはどうするべきか。

意を決して、携帯を開いた。

＊＊＊

「要救助者はどこですか～？」

おかしな救急隊を携帯電話で呼びつけ、要救助者は地下にいるとうそぶいて誘導した。そのまま携帯電話を通話のまま、地下の通路に転がしておいた。そうすることで死蝋兵がそちらに集まり、救急隊と鉢合わせするという寸法だ。もちろんその前に、気になる電話番号にかけてみたが、結果は想像通りだった。

救急隊が地下に降りてくると、予想通り携帯電話の方に一直線に向かっていった。仕組みはわからないが、かけた携帯電話に寄っていくのではないかという考えは、今のところ正解のようだ。

息を殺し身を潜め、その後どうなるのかそっと窺った。彼らが向かった先からは、濃厚な死の香りが漂っていた。

「ムハァ、要救助者がこんなに一杯！　ちょっと待ってください、そんなにいっぺんに運べませんよ～！　今バラバラにしますから、ちょっと待ってくださいね～。はい！　順番、順番！」

おかしな救急隊は妙なことを口走りながら、死蝋兵と激闘を繰り広げていた。というか、十を超える死蝋兵と互角だ。一撃で背丈の倍はある死蝋兵を壁に叩きつけ、その四肢を力づくで捥《も》ぐ。あるいは口の中に手を突っ込み、力づくで引き裂く。あの救急隊、尋常じゃなく強い。いくら鍛えても、あの救急隊を倒せるようになるとは思えないほどには。少なくとも、百を超える試行錯誤を繰り返してどうにかなるか、というところだろうか。

救急隊も死蝋兵の一種なのかどうかは知らないが、いくら怪我をしても回復している。服が破けて肉が削げ、その跡がみるみる回復して初めてわかった。そして担架に乗っていた何者かが、顔の包帯を取った。その先は完全な闇にらんらんと輝く瞳が一つ浮き上がっているだけで、死蝋兵がそこから出た手に引きずり込まれて飲み込まれていった。

死蝋兵は危機を感じたのか、一体が叫んだ。すると、通路の先からは次々に死蝋兵が現れ、救急隊はもみくちゃになって姿が見えなくなった。それでも声が聞こえるあたり、死んだわけではないのだろう。

「さすがに数には勝てないか。これならしばらくは膠着《こうちゃく》しそうね」

仮に私が最初の死蝋兵を突破して奥にいったところで、あの数の死蝋兵をどうにかできるとは思えない。そして救急隊は職責？　にかけて、きっと撤退しないだろう。

記嶋君の手帳を読み、彼の助言を得たのは幸運だった。彼らには、永遠に戦っていてもらおう。

そして死蝋兵の群れが奥へ奥へといなくなって、その後をゆっくりと探索した。かつて記嶋君が探索したのもこのあたりだろうか。研究の資料はそこそこ残っているが、文章が古文みたいで読めないものが多い。古文の勉強をしておくんだった、と後悔してももう遅い。

使えそうな資料をある程度バッグに詰め込み、下への階段を探しながらゆっくり下っていく。幸いにして、そこから下には死蝋兵はおらず、マンションに来てから初めて幸運を実感した。

明かりに頼らず歩くうち、私の感覚は研ぎ澄まされていった。死の匂いを感じる私の能力。認めようが認めまいが、これは私に一生ついて回るものだ。これだって私の一部だというのなら、この能力を認めなければならない。そして使い熟《こな》さなければ。そう考えてから、匂いをより一層強く感じるようになった。

最初は不安定な煙のようなものだと思っていた。だけど能力をより鋭く、より詳細にと考えるようにするうち、死の匂いの形が変化していった。それは一筋の光のように、目を閉じていてもはっきりと脳裏に描ける線となっていった。それらが無数に絡み合って、世界は構成されているのだ。

こちらに行くと確実に死ぬ、こちらはそれほどでもない、こっちは安全だ。そういうことまでわかっていく。

「これが、私？　記嶋君が言っていた、私？」

まるで別人に生まれ変わるかのような感覚。まさに背中から羽が生えるような、そんな解放感すら覚える。私は地下へと潜る道を探し、たどり着いた。もしここの施設の研究者たちが尸解仙なる者へ至るために魔術を工夫したのなら。相手は不死の存在だろう。ならば、死の匂いからもっとも遠ざかる地下を探せばいいのかと思い至り、私はその通り赤い華の場所へ到達した。

「着いた……」

ゆっくりと目を開けると、そこには赤い華があった。ただ、今度は意識もはっきりとしていて、直に目で見ることができる。そうして初めて、赤い華の正体がわかった。

赤い華は、電飾の集まりだった。何かもわからない、古さを感じさせる大量の発電装置のようなものがついた、巨大な機械仕掛け。それが赤い華の正体だ。その中央に、静かに鎮座している人型の何か。頭蓋骨がなく、直接剥き出た脳にコードらしき何かが繋がれ、目も赤い肉で覆われ、口には歯が一切なさそうだった。体は灰色な皮膚で覆われ、やせぎすの体からは、生命力を感じられない。

「あれが——あんなものが女神に見えたのね」

今見れば、ただの醜悪な化け物のようだ。近づこうとして、まだ刺激しない方が良いだろうと考え直す。ふと見ると、装置には残りタイマーのようなものがついていて、まだ時間は四時間半ほどあることがわかった。スマホの時間でも、まだ十九時過ぎだ。饗宴が終わるには、まだ時間があるのだろう。私は一度地上に出ることを考えた。この世界から別の世界へ「死にずれる」としても、知識は少しでも蓄えておいた方がいい。

上る途中で、死蝋兵がこちらに歩いてくる気配があった。だけど、不思議と冷静なままだ。死の匂い――死の予兆がどんどん濃くなっているのに、それでも自分が死ぬような感じが全くしないのだ。上がるのは充分間に合う。それでもあえて鞄を邪魔にならないところにおいて、死蝋兵を迎えうった。

「おいで」

自信たっぷりというわけではないが、手招きをしてやる。相手には動物の如き知性と警戒心は残っているのか、少し躊躇った後で体格を活かせるように飛びかかってきた。だけど、その動きはしばらく前から見えている。

「ああ、そういうこと」

死の匂いは、相手の行動に先んじる。つまり、死の匂いが線で見えるのなら、相手の次の行動を全て先読みできることになる。

「こんなの、負けようがないわ」

攻撃しようと振り返った先に私がいなくて驚く死蝋兵の頭の上から、ゆっくりと蝶女の仕込み刀を突き入れてやった。死蝋兵はびくりとした後、そのまま動かなくなった。さっきの救急隊との戦いで首を折られた個体が動けなくなっているのを見ていたし、元は人間だと資料で読んでいる。脳幹を破壊すれば、動けないだろうという予測が当たった。

「もう恐るるに足らず、かな」

余裕をもって刀を引き抜くと、鞄を回収してからゆっくりと地上に上がっていった。

＊＊＊

「堂貫さん、ちょっとお邪魔するわ」

「おうおう、ようおいでなすった」

堂貫さんは扉をノックした私を歓迎してくれた。元がここの研究者で、理事会の会長もやっていたわけだから、世界が多少ずれたくらいではこの人の立場は変わらないだろうと思った。この人からは、死の匂いは全くしない。つまり、危険性は零だ。

堂貫さんのお部屋で、ゆっくりと資料を読んだ。意味が分からないところは堂貫さんに読んでもらい、記嶋君の手帳でわからなかったところは本人に聞いてみた。最初は渋っていた堂貫さんだが、私がアムリタの女神、いや装置のところまでたどり着いたことを伝えると、観念したのか少しずつ話してくれた。

「そうかい。お嬢ちゃんは、御虫様のいない異界から来なすったのかい」

「ええ。虫はいるけど、あんなに巨大じゃないわ」

「じゃあ戦争には――」

「負けたわ。でも国は滅んでないし、みんな元気よ。むしろ戦争で負けたことをバネにして、頑張ったみたい」

「そうかい、そうかい。そういう道もあったのかい」

堂貫さんは後悔していた。あれほど非人道的手段で作り上げた装置がもたらした世界。戦争には勝った。そしてその後、世界の三分の一を席巻する大帝国を作り上げた。だがそこに、人間はほとんどいない。正確には、純粋な人間はほとんど誰もいないと言った方がいいらしい。

誰もが半分以上虫を体に宿し、一様に虫を褒め讃える。虫と融合することこそが正しい道と信じ込み、その素晴らしさを伝えるために残りの人間の領域に攻め込んだのは二十数年前。その大戦が、もうすぐ虫の勝利で決着がつくということだ。

「我々は人間の尊厳を重んじる！　と言って、最後の純粋な人間生息域が爆破心中したからねぇ。被害は数十万人じゃないかなぁ」

「そんなことが……」

「もう虫と融合することを拒否する人間はいないだろうね。不思議なことに、生まれる赤ん坊は皆人間なのさ。なのに、両親の虫信仰や教育方針によって、子どもは勝手に虫と融合させられる。最近では人権問題じゃないかって議論が多くなったから、遅くとも各国の成人までに選択することが世界憲章で採択された。遺伝子技術が発達して、ある程度は着脱自由で、最近は虫変化《コスプレ》などと言って、遊び半分で虫と融合する若者が出る始末。もう儂はついてゆけんし、手に負えんよ」

「それは……そうね」

この窓から見える外の光景。これほど変わっていたのは、いつからだったのか。死にずれて、蝶女への対策と、試行錯誤ですっかり外を見ることなんか忘れていた。

山の上の電波塔は、わけのわからない虫の巣のようになっていた。空を飛ぶ飛行機は、巨大な虫に化けていた。住宅街のほとんどは、蜘蛛の糸のようなものに絡めとられてしまっていた。空飛ぶ巨大な虫が、高層ビルみたいな大樹に止まろうとして、突如飛び出た針に串刺しにされた。落下する虫を、他の虫が空中で食いちぎった。それを地面から見て、祭りのように喜ぶ人ではない住人たち。

この世界は虫がいることが当たり前で、虫と共生をしている世界だ。この世界の人にとってはそれでいいのだろうが、私はここで生きていけそうにない。

「饗宴で生き残った人には、アムリタをもらえるの？」

「ああ、寿命が長くなる。通常の倍は軽く生きられるはずさ。お嬢ちゃんの年でアムリタを得ることができれば、二百年は生きることができるだろう」

「この国の指導者も、そうなの？」

「ああ、若い時に饗宴に参加して、アムリタを飲んだはずさ」

「ならどうして、今はこれだけしか饗宴の参加者がいないの？　この場所だって、もっと崇め奉られていいはず」

「古いのさ。遺伝子操作で、病気も寿命も、もうほとんど儂らを悩ませることはなくなった。こんな旧時代の遺物は、もう不要なんだとさ。ただ国が勝つきっかけになった出来事だからね。骨董品として存在することだけが許されているんだ。彼らにとって大切なのは、停電の後に行われる祭りだけだよ。どんな祭りかは、お嬢ちゃんは聞かない方がいいだろうね」

寂しそうに堂貫さんが告げた。そして聞くまでもなく、ぽつりとこんなことを言ったのだ。

「儂らはなんのためにあんなことをしたのかなぁ。その時は皆ただただ必死で、死にゆく兵士も、飢えた子どもも、自分の命が誰かのためになるならって、笑顔で体を差し出してくれたんだ。儂らはそれらを一つでも無駄にしたくなくて、彼らに報いてあげたくて、毎日寝る間も惜しんで理論を構築して――いつの間にあんな得体の知れないものを創りあげたんだろうなぁ」

「止める方法は？」

「骨董品だ、放っておいても止まるよ。今回の饗宴が最後だろうと言われている」

「確実に止めるには」

「簡単だ、装置を壊せばいい。もう代用品のない部品で作っているんだ。強引に叩き壊せば、止まって二度と復活しないだろうさ。ただ」

「ただ？」

「止まると、おそらくは異界が溢れる。それが、あの装置の中心にいる人身御供となった玉鬼さんの考えだった。私が蓋をしておくから、その間に対策を考えろって。いいな、任せたぞって言われたのに――ああ」

「ちょっと待って、今――」

私の質問は、堂貫さんが急にうつぶせになって泣き始めたことで遮られた。

「誰も――誰も儂らの言うことに耳を傾けてくれなかったんだぁ！　儂らはあれほど危険だと言い続けたのに、いいぞ、これで戦争に勝てるぞ。お前たちのおかげだ、最高の成果だって――散々もてはやすだけもてはやして、時代の流れと共に我々は忘れられた。畜生、淡味の奴、茂木橋の奴め！　自分たちだけおいしい目を見やがって、こんなのであの人に申し訳が立つってのか！　ごめんなさいよ、玉鬼さん」

その言葉に、息が詰まりそうになった。鍵——そういうことか。私は堂貫さんの小さな肩を揺さぶった。

「堂貫さん、あと一つだけ。もしアムリタの装置を止めたら、もう異界に移動することはできないよね？」

「多分なぁ。異界と繋ぐ魔術をどうやってあの装置に組み込んだかは、それこそ誰もわからないんだよ。お嬢ちゃんが異界をずれている仕組みも、儂には理解ができん。装置の悪戯としか思えないねぇ」

「じゃあ確認しておきたいことは、残り一つだけだ。ごめんね、堂貫さん。お世話になりました！」

時間は二十三時半過ぎ。急がないと、間に合わないかも。堂貫さんが出してくれていたお茶を一息に飲み干し、大急ぎで靴を履いて、玄関で大仰に礼をして、堂貫さんの部屋を飛び出した。町の外縁部では停電が始まっている。急げ、このままじゃ間に合わない。

中庭に向かって廊下から下に飛んだ。お茶を飲んだ以上、私にも既に虫変化が進んでいるのだろう。死の匂いが飛んだ先にも見えなかった。まったく痛みもなく、中庭に着地できた。身体能力に、変化が出ている。

そのまま階段を飛ぶように下りて、下へ。途中襲い掛かって来る死蝋兵は、すれ違いざまに制圧。途中からは相手するのも面倒なので、襲ってくるその頭の上を飛び越え、間をすり抜け、下を目指す。

「あー！　あなたですかぁ、悪戯電話をしたのは！　要救助者が多過ぎて手が回らな――」

おかしな救急隊が邪魔な位置にいたが、本当に邪魔だとしか思えなかった。その五月蠅い口を、顎を外して塞ぐ。次の隊員は顔にナイフで×型に斬りつけてやったら、なぜか動けなくなった。担架の上に乗っていた奴は厄介だと思ったので、担架ごと蹴り上げてはるか奈落に落としてやった。どうせ奈落の底から上がってきたような奴なんだろう、元の場所へ帰れ。最後の隊員が許してくださいと言わんばかりに顔の前で×を作ったので、護身術で習ったとおりに鳩尾《みぞおち》に一発、急所に一発。何かが潰れたような感触。

打ってみてわかったけど、先生、これ護身術じゃないです。相手は悶絶しています。

そんなことを考える余裕があるほど、私の能力が上がっている。後ろ手に救急隊員を拘束して、縄がないので仕込み刀で地面に突き刺して固定しておいた。

そこまで流れるように救急隊員を制圧した私を見て、死蝋兵が道をずささ、と開けた。知性はなくても、強者がわかるくらいの本能は残しているらしい。

「いい子ね」

堂々と彼らの間を闊歩して、アムリタの装置の許へと向かっていった。装置は既に稼働状態。電圧が最大値を示していて、赤い大輪の華が咲くところだった。

私はつかつかと大股で、中心の得体の知れない化け物のところに向かう。私を拘束せんとコードらしきものが伸びてきたが、それらを全て避けて女の肩をがっと力強く掴んだ。

「久しぶり、今度は自力で来たわ。今度はちゃんと饗宴を生き残ったわよ」

「……あむりたヲ、サズケル。ソナタニ、サチオオカランコトヲ」

「そういうのはいいから。あなた、異界を移動できる装置なんでしょう？　聞きたいわ、こういうことは可能？」

私は希望を装置に伝えた。すると、装置はゆっくりと頷いた。

「……カノウ。タダシ、オワッタコトハ、モトニモドセナイ。ソシテ、ニエ、ガヒツヨウ」

「贄か……多分、あれでいけるわね。十分だわ。次はちゃんとここに来るからね。その時に、全部終わらせましょう。あと、あなたのことも」

私は蝶女のバタフライナイフで躊躇いなく自分の首をかき切った。ただ今度は否定的な意味じゃない。死にずらしをしてでも、あと一つだけ、どうしても確認したいことがあるからだ。

＊＊＊

「――」

「たまひ？」

私はゆっくりと目を開けた。また階段下だが、もう動揺することもない。肚は決まっているからだ。人間にしか見えない二人の顔を交互にゆっくり見ると、高らかに宣言した。

「虫変化《コスプレ》しないから。あと、ドッキリも通用しない」

「えぇ～、なぜバレたぁ？」

「そんなぁ!?」

手の一部を変形させかけた二人が、明らかに肩を落とした。魂は変わらない。彼女たちにとって私を虫と融合させることは純粋な好意であり、この異界ではそうだってだけ。悪意はないのだ。彼女たちを憎む理由はない。

だとすると、アキのあれは――私は体温が上昇するのを感じていた。

「アキ」

「ひゃいっ!?」

アキの声が裏返った。私の顔が赤いのがわかったのだろうか。

「後でね」

「なにそれ」

アキががっくりしたのが見えた。なぜか由宇は目をキラキラさせて盛り上がっている。それより、確認することがあるのだ。私は一直線に曲がり角に向かった。

わざとベビーカーを挑発的に蹴り飛ばし、蝶女に武器を取らせた。バタフライナイフは鞄で受け、仕込み刀は近づいて柄を握る。そして瞬間変形した口吻の攻撃は、しっかりと見切って掴んでやった。そして蝶女が待っていたであろう言葉を投げてあげた。

「戻って来たわよ、あなたの知っているたまひが。高敷――でいいのよね？」

その瞬間、蝶女が虫への変形を解いて、武器を全て取り落とすとぽろぽろと涙を流して泣いた。そして膝から崩れ落ちると、私の名前を愛しそうに呼んだのだ。

「――おかえりなさい、たまひさん」

＊＊＊

「事情を聴かせてもらえるかしら？」

「はい、もちろんです」

目の前には従順になった蝶女が、居住まいを正して座っている。隣には、いまだ事情が呑み込めないアキと由宇。彼女の名前は正式には高敷アゲハ、というらしい。本当に蝶の名前なのかと驚いた。彼女は私を自分の知っているたまひと重ね合わせ、恭《うやうや》しく私たちを自分の部屋へと案内した。

私はかまをかけた。記嶋君の話を聞いて、別の可能性で紡がれた世界があるのならと、私に執着を見せる蝶女のことを結び付け、ひょっとして私と親密な関係にあったのではないかと想像した。しかも、想像はしにくいが、私の方が上位にいるような関係。そう考えてそれらしい態度を取ってみたのだが、果たして当たっていたようだ。

もちろん確信に近い証拠があった。蝶女の携帯に登録されていた番号に、私の母のものがあったのだ。それは、私が好きな数字で、将来的に使いたいと考えている番号。自分名義の携帯電話が使えるようになった時に番号が選択できるように、母に押さえてもらったのだ。どうせ母は家族以外と電話はしないし、カードも使わず、会員証すら作らないアナログな人間だからという安心感もあった。その番号が、この蝶女の携帯にあるのならば。それは半ば確実に、将来の私と、この蝶女がそれなり以上に親密な関係にあるということだった。

だが家に案内されて、後悔した。やはり彼女は異常だ。だって、家の中が生物をばらした標本だらけなのだから。これにはアキも由宇も、固まってしまった。私だって、肚を決めていなければとても立ち入れはしない。ここにはまだ入ったことがなかったが、鍵がかかっていたから敢えて入らなかったのか。そういえば、高敷アゲハの部屋を探索するのは忘れていたなと、今更思い出した。

玄関で固まっているアキと由宇を見て、くすくすと高敷アゲハが笑った。

「大丈夫ですよ、全部本物ですから」

何が大丈夫なのか、とは誰も言わない。火のついた爆弾よりも危ない女だ。何がきっかけでこちらに武器を向けるかわかったものじゃない。ただ今更、私には恐れる理由もないけど。

高敷アゲハはベビーカーから飲料を取り出すと、私に勧めた。アキと由宇には、別に置いてあった飲み物を勧める。その行動を見て、思い当たることがある。

「まさか、これは――」

「はい。虫の侵食が進んでいない異界から私は来ました。その時に、マンションの外で購入した物ですから、飲んでも虫への侵食は進みませんよ」

私はその言葉に、飲み物を一気飲みした。念のため、と思い、ここまで一度しかマンションの中の食べ物、飲み物には手を付けていない。幸いにして死にずらしをするたびに空腹感や渇きもリセットされていたせいか困ることはなかったけど、体感としていったい何日ぶりの安全な飲み物だろうかと思う。

精神的には渇きを覚えていたのか、一呼吸で飲み干すと、目一杯深呼吸をして、安堵してから思い出した。

「あ……ごめんなさい、はしたなくて」

「いえいえ、そんなところまでたまひさんらしくて。以前のあなたも同じく私の飲み物を飲んで、旨い、と一言おっしゃってくださいました。ただ、二十八歳のあなたなので、落ち着き具合は違いますが」

「二十八歳の私。いったいどうでしたか？」

「その前に、私のことから話す必要がありますね。こんな身の上ですが、お話しさせてください」

高敷アゲハは自分の身の上話を始めた。彼女がこのマンションに携わる始末屋だというのは聞いていたが、そこまでは予想通りだった。実験を計画した初期のメンバーのうち、何名かはアムリタの恩恵を拒否して、マンションの外へと移住したようだ。それはアムリタを恐れたということもあるが、外部から観察する意味合いもあったらしい。

高敷もその一人で、初代高敷は軍人だったそうだ。しかも、軍隊での役職は憲兵。つまり、取り締まりをする側で、銃剣術の達人として恐れられていた。ただ、やり過ぎるということで前線から外された問題児でもあったと。

初代高敷は過剰なまでの軍国主義者で、一切の融通がきかなかった。頭は良かったが融通がきかないので、懲罰に相当する者がいれば上官だろうが容赦なく手を下した。その厳しさは、当然身内にも向いた。そして一子相伝とされた彼の銃剣術は、アゲハの父親に確実に受け継がれた。

役目も国家事業に関わるものと考えた初代高敷は、自分たちの役目と技術が外に出ることを固く禁じた。自分の妻は家から一歩も出すことなく、他人との交流も禁じた。そして二人の子どもが七つになると、役目は済んだとばかりに妻を自ら首を絞めて殺したらしい。それを二人の子どもは目の前で見せられたそうだ。

アゲハはその話を両親から聞いた。一子相伝かつ部外秘なら、どうして両親が知っているのかと。二人は互いを見合って笑った。だって、子どもは二人いただろう？と。両親は、実の兄妹だった。

「……おかしいわ」

「昔の時代は、近親婚なんてよくあった話だそうですよ？」

アゲハは苦笑した。両親の仲は良かったので、特に不満はなかったが、心にしこりは残ったそうだ。同時に、納得したことがいくつもあった。我が家には墓がない。そして、その祖父は話も聞かなければ、遺影や位牌もない。おそらくは、両親が殺してどこかに廃棄した。そういうことなのだと。

そして、自分も殺しが大好きなのも、なんだか納得してしまった。

「子どもの頃から殺しが好きでした。小動物から、猫、犬、もっと大きな対象まで。それが人間に移るまで、さほど時間はかかりませんでした。父に銃剣術の手ほどきは受けていましたので、かしげ病患者――つまり、なりそこないの死蝋兵を狩りに出ることで我慢していました。それが八歳の時です」

「でも、我慢できなかったんでしょ？」

「はい。初めては十歳の時でした」

うっとりした表情で、その時のことを語ろうとするアゲハを、私は制した。

「長くなりそうだから、そこは飛ばして」

「あらぁ、残念。記念品もそこにあるのに」

ちらり、とアゲハが標本の方を見る。由宇の口から飲んでいるお茶がこぼれているのが見えたが、私は無視した。標本の方も見ないようにした。

「そんな私でも、我慢できないことがあって。一子相伝って、言いましたよね？」

「そうね。部外秘とも」

「父親は私に自分の子どもを産むように命令しました。嫌で嫌で仕方ありませんでしたが、母親と二人がかりでは私も勝てません。十五歳からそれは始まり、二十六歳のつい先ごろまでそれは続きました。こう見えても、私。二児の母ですのよ？」

今度はアキが口に含んだお茶を誤嚥して、激しくむせた。なんとなく想像していたが、この女は想像以上におかしい。後ろのとても大切そうに飾ってある、男女の頭はそういうことか。

「それも終わった……終わらせたのね？」

「はい、私の方が強くなりましたから、両親がやったことに則って終わらせました。それに他に色々学んでわかったのですが、一子相伝と言うほど大した技術でもないんですよ。それをあんなに後生大事に――時代遅れもいいところ」

吐き捨てるように告げた言葉に、どれほどの憎しみが込められているのか。それも通り過ぎてしまったのか、アゲハは笑顔のままだった。

「子どもは施設に預けました。私なんかに育てられるわけがないって思っていました し、私みたいな母親の関係者と思われない方が、子どもたちにとっても幸せでしょう。既に殺した人数は両手足を出ていますし」

「……それはなんとも言えない」

「優しいですね、たまひさんは。前のあなたもそうでした」

「その後、私と出会ったのね？」

「はい。私の世界の、アムリタの饗宴で」

アゲハは語る。アゲハの世界の饗宴は、世界中から優秀な人材をこのマンションに集めて行われる、盛大なトーナメントのようなものだった。勝った者が不老不死を手に入れるという餌をぶら下げられ、それに皆が群がる。そんな世界だったらしい。

「私はこの土地が憎かった。初代高敷にそんな役目を与えたこの土地が。何が不老不死だ、そんなものはこの手で終わらせてやる。そう意気込んで臨んだ饗宴でした。ですが――」

「ですが？」

「私はアマチュアに過ぎなかった」

自分でも銃剣術が時代遅れと言ったのだ。この饗宴に参加しているのは、各技術のスペシャリスト。当然、重火器もその中には含まれた。格闘技なら、その道の世界王者級。体格も、二メートル超えの大男なんてざらだった。そういった連中が、総勢数十名。参加して一瞬で感じた。完全に場違いだと。

「人を殺した経験なんて、なんらアドバンテージにならない。それほどの猛者《もさ》が揃っていたわ。マシンガンで不意打ちをくらった時、正直漏らした。あれだけ殺しを愉しみながら、自分が殺される覚悟はしていなかった。私は人殺しだったけど、戦士ではなかったのね。あの時の饗宴に集っていたのは、間違いなく全員が戦士だったわ。殺した数も私の比じゃない。そこに颯爽と現れたのが、二十八歳のあなた」

「二十八歳の、私」

どんな人だったんだろう。アゲハがうっとりと話すあたり、相当心酔していたようだ。

「何の前触れもなく現れたかと思うと、あなたは乱戦の中に飛び込んでいって当たると幸いとばかりに全員殺していったわ。二メートルの大男も、格闘技の世界王者もお構いなし。なんら慈悲なく、すれ違いざまになで斬り。クレイジーな女サムライがいるって敵は騒いでいたけど、銃も刀も暗器も自由自在。いったいどんな訓練を積んだらああなるのかしらね」

「さ、さぁ……今のところ、町道場の空手しか」

ばらさないように、と言わんばかりにアキが肘で私を小突いたが、今更だった。

「傑作だったのは、ミニガンを構えた重装備の敵を正面から打倒したこと。敵も信じられなかったのでしょうね。死に際の表情が呆然としてましたから。周りの連中は逃げ出しましたし」

だけど、ここで急にアゲハがうっとりとした表情から、真剣な表情になった。

「向かうところ敵なし。唯一苦戦したのが、某国の特殊工作兵だったかしらね。現実とは思えない装備と武器で攻めてきたけど、それすらも凌いで勝ち切った。敵が言ってたわ、見たら逃げろの伝説はその通りだったかって。たまひさん、世界中で有名だったみたい」

「そんなに……」

「私は怯えていたから殺す価値もないと思われたのか、あるいはいつでも殺せると思われたのか、協力者として生かされたわ。何度か殺そうとしてみたけど、武器に手をかけようとするだけで睨まれるの。それに寝ていても、私が動こうとするだけで目を開いてこっちを見ていた。個人的な心境としては、協力と言うよりは服従に近かった」

アゲハははぁ、と息を吐いた。おそらく、彼女の記憶にはろくなものがないのだろう。殺人者の家系として育てられた彼女の人生に、幸せな記憶がいくらあるのだろうか。やってきたことを考えると同情する気にはならないが、それでも今のアゲハは、正直私なんかより余程人間らしく見えた。

「一緒にいたのはたった三日ほど。その間に色んなことを教わったし、初めて人間らしく色んな事を話した。たまひさんはどんな話でも聞いてくれて、良い話は面白い、駄目なことは駄目だとはっきり言ってくれる人だった。きっと根が優しいのね。あれだけ苛烈な世界に生きながら、倫理観が壊れていないのは嘘みたいだった。それで、私たちはあっという間にアムリタの装置の前に到達した。敵はもう誰もいなくて、私たちがアムリタを独占できるはず、だった」

「だった？」

「まだ敵がいたの。アムリタの向こうから、突然現れたわ」

アゲハは遠い目をした。彼女たちにどんなことが起きたのか、自分でもわからないとアゲハは告げた。

「私は装置の破壊を。たまひさんは不死ではなく、異界へと移動することを願っていた。もうこの世界でやることはないからって」

「異界へと、移動？」

由宇が不思議そうにその単語を繰り返したが、私はその言葉そのものが聞きたかった。少しずつずれて転生しているなら、異界を意図的に移動することは可能じゃないかと思ったのだ。そして、おそらくはこのアゲハそのものがその成功例ではないかと推測していた。

私は誰にも気づかれないように、テーブルの下で拳を握っていた。

「たまひさんの願いを叶えてから、アムリタの装置を破壊するつもりだった。だけど、おそらくは異界を移動しようとした際に、向こうから攻めてきたのね。さすがのたまひさんも油断していたところに、一斉砲火。それでも彼女は致命傷を負いながらも、敵を異界の向こうに押し返したわ。だけど、もう異界を渡る生命力は残されていなかった。そこで初めて、たまひさんが泣いたの」

「私は……なんて言ってた？」

「寂しい、一人は嫌だって。由宇もアキも、昔助けてあげられなかったって。今はこんなに強いのに、どうしてあの時この強さがなかったのかって、ずっと悔やんでた。だから異界に行ってやり直すんだって、それが願いだったみたい。私が言うのもなんだけど、歪んでいると思ったわ」

「そうだね……おそらく、その願いは叶わなかった」

「そうね。おそらくは、だけど」

アゲハにも、私にもその確信があった。由宇とアキは不思議そうに首を傾げた。

「どうしてそう言えるんです？」

「おそらく——異界を渡るには、その渡る先の異界で自分が死ぬことが確定していることが条件だと思う」

「な、なんでだよ？」

「なんだろう、昔のアニメでもあったけど、タ、タイム……」

「タイムパラドックス？」

「そう、それ」

由宇の言葉に、私は頷いた。

「私、この土地に来てから死の匂いをあまり感じていなくて、おかしいなって思っていたの。一つには、私が意図的に能力を避けていると思っていたわ。だけど、それは正解の半分。もう半分は——私たちから死の匂いがあまりに強く漂い過ぎていたこと。だから、私の感覚が誤魔化されていた」

「へえっ!?　ど、どういうことです？　私たち、もう死んじゃってるんですかぁ？」

「私たち、虫じゃなくて死体だったのか？」

「面白いわね、あなたたち」

アゲハがくすりと笑う。そしてベビーカーからタロットを取り出した。いや、タロットに見える投げ武器か。縁に、鋭利に磨かれた金属が取り付けられている。

「饗宴に参加した段階で、死の未来が確定するわ。参加者は、知らないうちに参加料を徴収されているの。だからこのマンションに住んでいた人は、外の世界に出ても誰一人助からない。遅かれ早かれ、死が迫って来るから。それが人外の饗宴を開催する時に交わされた契約」

「どうして誰もそのことを知らないんです？」

「あら、記録にはあるわよ？　ただ誰も、読み解くことができないだけで。つまり、内容が読めない契約書のようなもの。その契約を交わした人間が誰かも、最初の研究者たちが把握していないだけ。あの中に、とんでもない悪意を持った人間、あるいは彼らとは全く別の思考回路でことに及んでいた人物が紛れ込んでいたのよ。つまり、饗宴の参加者は生き残ってアムリタを得ない限り、どっちにしても死んでしまうの。利益を得たのは、誰なのでしょうね。その人が黒幕なんじゃない？」

アゲハの言葉に、二人が呆然とした。私だってそうだ。誰がこんな最低のルールを決めてしまったのか。

アゲハはタロットをめくってカードを出した。死神のカードだった。

「タロットはそれなりに心得があるつもりだけど、駄目ね。ここに来てからこのカードしか出ないの」

「つまり、この饗宴での正解は――」

「そう。死を覚悟してアムリタの装置を破壊するか、誰かが願った異界への道を、アムリタを得たうえで横取りするか、そのどちらか」

「じゃあ、あなたは」

「私は、たまひさんのやり残したことを叶えるために、アムリタを得たうえでたまひさんが行こうとした異界に来たの。たまひさんの願いが叶うまで、私は何度でも復活し続ける。私は最初から、別の異界から来た人間よ。それも数年前にね」

＊＊＊

アゲハは語ってくれた。他人が望んだ異界を渡ったせいで、こちらがどうなっているかはアゲハにはわからなかった。そこで、まずは自分の生家に行ってみたが、そこにはまだ自分が暮らしていたのだ。しかも、自分が辿っていた運命とは違い、母親が父親を殺す形で、アゲハは義務から解放されていた。この世界のアゲハは何も知らされず、母と仲良さそうに手をつないで歩いていたのだ。

アゲハは泣き崩れた。これこそ私がどこかで求めていた光景ではなかったのか。それを見た時に、殺してそこに住むという選択肢は消えていた。アゲハは訳アリでも住むことができるこの土地、このマンションへの移住を決めた。最終的に、この装置を壊すことも考えて。

　だから、彼女の家の電話番号が登録してあったのか。それ以外にほとんど誰も携帯番号を登録していないこと、未だ古いガラケーを使っていることに納得した。

　アゲハは自分が虫へと変化していくことを知りながら、この時代のことを調べ始めた。たまひが何をしたかったのか。それは由宇とアキと、仲良く暮らすことではなかったのか。アゲハは由宇やアキの事を知らない。たまひの話の中でしか二人は出てこないし、既に彼女の世界では死んでいた二人だからだ。

　アゲハは調べた。たまひとアキは中学二年生だということを調べることができたが、別の町に住んでいた由宇を調べ上げるのに、一年かかった。

「あなたたちの肝試しの幽霊、実は私なの」

「「ええっ⁉」」

　これにはアキと一緒に私も驚いた。本気で殺すつもりで臨めば私が死の匂いを感じ取るだろうことを予測し、私が能力を使いたくなくなるようなトラウマを植え付けようとした。能力は使い熟《こな》さなければ発展しない。アゲハの知っているたまひが言っていたことを思い出したのだ。

　すると、由宇が口を開いた。

「もしかして、私の知り合いを次々に殺したのは――」

「それも、一人は私」

「一人だけ？」

実はあの中には、後に有名になる連続殺人犯が交じっていたそうだ。それが誰かをアゲハは語らなかったが、たまたま由宇は死んでいなかっただけで、最後の獲物として家族ごと狙われていたのだそうだ。

そしてアゲハは、それにかこつけ、由宇を脅した。高校に行ったら、たまひと呼ばれる女子と仲良くしなさい、と――

「なんですか、それ。ざっくりし過ぎ！　そんな理由で、あんな怖い脅し方をしたんですか⁉」

「詳細を煮詰めても仕方がないでしょう。私は友達なんていませんし、友達と何をするかなんて知らないし。怖いのは元からです」

「友達少な過ぎ！」

「悪かったわね。今すぐ死ぬ？」

ナイフを取り出したアゲハを私は苦笑いで止めたが、曖昧な返事をしたら本気でアゲハは由宇を殺しかねない。

確認したいことは確認できた、次の段階に移ろう。時間も十時を過ぎた。もう良い時間になっている。

「そろそろ、アムリタの装置の所に向かいたいわ。今回は私たちが全員生きているせいで、地下への扉も開いていないし」

「そうですね……じゃあ、何人か処分してきますか」

アゲハががたりと立ち上がったので、私は慌ててそれを止めた。

「そ、そんなことをしなくてもいいから！　多分、私が堂貫さんのところに行ったらそれで解決するから！」

「そうなのですか？　それなら、まぁ」

残念そうな表情をするアゲハを見て思う。やっぱり危ない人だと。だって、私を最初からたまひと認識しながら、いくら望んだ結末に至るようにとはいえ、襲い続けていたのだもの。

そして、アゲハが根本的な質問をしてきた。

「それで、たまひさんは今後どうされるおつもりですか？　私のことに気付いた以上、少しずつ異界を移動しながら繰り返しているということは納得できたでしょうが、三人でここを脱出してどうします？　外の世界は虫が支配する世界。余りに最初の異界とはかけ離れ過ぎています。この世界でも三人で生きていくなら、それは幸せですか？それでもこのマンションから出てしまえば、死の運命が襲い来るとは思いますけど」

「やっぱりそう思いますか」

「ええ、ほぼ確定事項として。下手をすると、このマンションへの移住手続きをしている間に死ぬことすらあります。特にそちらの二人は別の世界で死が確定していますから、そういう方は非常に運命が脆いそうです。既に虫を半分受け入れている状態で、どのようにアムリタが作用するかもわかりませんし」

アゲハの懸念ももっともだ。そしてそれは私の望んだ未来ではない。だが私も何も考えていないわけではない。それに、この異界と世界を繋ぐイカレたシステムをそのままにしておくわけにはいかないだろう。

「私に考えがあります」

「それは、どのような？」

「その前に一つ質問。もし私の願いが叶ったとしたら、次にアゲハさんはどうしますか？」

「私――ですか」

アゲハは面喰らったように悩んだ。あまりその後のことは考えていなかったのか、少し首をひねった後、寂しそうに笑って答えた。

「一度得たアムリタの効果が消失するとは思えませんし、不死身の殺人鬼なんてこの世に存在すべきではないと私は理解しています。ただ私の性格として、人は殺し続けるでしょうね」

「それは――」

「たまひさんがいてくれるなら抑えもきくでしょうが、それが叶わないのなら――私を殺してくれる人でも探しましょうか」

アゲハの理想は、アムリタの装置を壊して死ぬことだったはずだ。それが、未来の私と過ごしたせいで叶わなくなった。申し訳ないと思う半面、放置しておいてよい人間でもない。彼女のことも何とかするべきだろうが、良い方法は思いつかない。

ただそれを正直に言うわけにはいかない。まだ彼女の信頼を裏切らない方がいいだろう。悟られないように、慎重に行動しなくては。

「なんとかするわ」

「期待してもいいですか？」

私は力強く頷いてみせた。内心ではなんとかしてあげたいと強く思っているけど、その役目はひょっとしたら私ではないかもしれない。

私は三人を置いて、一人で堂貫さんの部屋を訪ねた。夜遅い時間だが、堂貫さんは何かを察したように起きて座っていた。

「こんな夜更けに何か用かね、お嬢ちゃん」

「はい、地下への通路を開けていただきたくて」

「条件を満たせば開くじゃろう?」

「いいえ、アムリタを得るために開けるのではありません」

その言葉に、堂貫さんの目がすうっと開かれる。

「では何のために?」

「アムリタの装置を壊すために。あの装置が自然に壊れるのを待っていられません。今日、ここで、私が、壊します」

「できるのかい? あの装置は——」

「異界と繋ぐ装置ということでしょう? 私ならできます、私しかできません——私の曾祖母の旧姓は、玉鬼です」

その言葉に、堂貫さんが思わず立ち上がる。

「お嬢ちゃん、あんた」

「私の曾祖母の姉は、玉鬼翡翠って言います。ご存じですね? 多分この時、このために私はここにいます」

＊＊＊

私の言葉の後、堂貫さんはしばらく沈黙していた。それはそうだろう、私の苗字を彼らは知っているはずだから。

そして私がそれ以上何も言わずとも、堂貫さんはやることを理解したようだ。完全に虫としてこのマンションと土地に馴染みながらも、人としての理性を失っていない堂貫さん。それがこの土地にやり残した後悔や懺悔が原因だというのなら、私の名前に反応しないわけがない。

堂貫さんの目が、理性を保ったまま鋭く光った。それは今までのどこか恍惚としたような浮世離れした表情とは違い、彼の目は正しく現実を見つめていた。

「……すべて、終わらせに来たのかい？」

「そのつもりではありませんでしたが、成り行きでそうなりました。誰もが、そう望んでいると思います。私も、きっと堂貫さんも。違いますか？」

「どうやって終わらせるつもりだい？」

「女神にお願いします。私の言うことなら聞いてくれます、もう確認済みです。後は、その場所に行くだけ」

「わかった」

堂貫さんは力強く答えると、やはり電話をした。だけど今度は、前とは内容が違う。

「よっちゃんか。ああ、俺だ。夜更けにすまんが——今回で饗宴は終わりだ。ついに終わらせる時が来たよ。玉鬼さんが来たんだ。儂たちも、肚を括らにゃなるめぇ」

「——」

しばし電話で話しあっていたが、まもなく彼らの話はまとまったようだ。そして外にゆっくりと出ていく。もう中庭の階段は開いているらしい。

「あの化け物のような虫と、巨大な芋虫はどうしたね？」

「……見ていません」

堂貫さんの質問には鋭さがあった。かつて、研究者だった頃の感覚を取り戻しているのだろうか。堂貫さんはこちらを少しだけ振り向いて頷いた。

「そうか。できれば排除しておいた方がよかったかもしれないね」

「どうしてです？」

「あの虫たちは、このマンションの住人じゃない」

「え？」

「今回の饗宴が始まってからここに紛れ込んできた異物だ。他の住人にも聞いたから間違いない」

このマンションの住人ではない――私たちがここに来たから、出現したということか。つまりは、彼らも異界からこちらに渡っていた。当然だ、由宇とアキの成れの果てなのだから。

だけど、どうやってここに。彼女たちにはもう理性がほとんどないようだった。執着などの本能だけはわずかに残っているが、それだけだ。誰かに送られてきたと考えるのが妥当だけど、彼らだけを送ってきても、その結果を確認できるものではないだろう。

何かが引っかかる。まだ何か、私の知らない何かがあるのだろうか。だけど、これ以上死にずらしはできない。次の異界では、話ができる由宇とアキがいるとは限らないのだから。もう、ここが最後だと思った方がいい。

私は意を決したように足を進めた。進めた先では、アゲハ、由宇、アキの三人が身を潜めて待っていてくれた。他の誰も来ている様子はない。アゲハは大きな黒い箱を背負って戻ったが、それが何かと聞くと、武器を持ってきたと言っていた。使わないにこしたことはないが、念のためだと。

「誰も見ていない？」

「ええ、誰も見ていませ～ん～」

「入るのか、地下に」

「それしかないわ。この狂った饗宴を終わらせて、皆で幸せを掴み取るには」

「幸せ、ね」

アゲハが一人寂しそうにした。彼女にとって、饗宴の終わりは私との縁を失くすことに他ならない。だけど、彼女が私に心酔して、共感してくれたのなら。私はアゲハの手を躊躇いなく取った。

「ごめんなさい、あなたの幸せにはつながらないかもしれない。それでも」

「……いいのよ、元々それほど幸せではなかったのだし。この時間が過ごせただけでも、私は満足だわ。さ、終わらせましょう。あまり余韻が長いと、気が変わってしまう」

アゲハは寂しく微笑み、四人で地下に進んだ。堂貫さんと、他の理事会のおじいさんとおばあさんが付き合ってくれるようだ。他の人たちの顔を、初めて見た。彼らは一様に、まじまじと私の顔を見ている。

「なるほど、あの子が」

「確かに似ている、翡翠さんに」

「そ、そんなに見られると緊張します」

私は照れたが、堂貫さんだけは笑っていた。

「無理もあるまい。皆、憧れだったからね」

「そうなんですか?」

「良心と言い換えてもいい。彼女がいたから、我々は人間の道を踏み外し切らずに済んだ。ゆえに、逆に酷い状況を呼び込んだかもしれないけどね。さて、我々がここを開けた以上、中の死蝋兵は反応しないはずだ。彼らが出てこないように、ある仕掛けを作動させているからね。あの仕掛けがある限り、死蝋兵は役立たずだ」

堂貫さんの言葉に、私はほっとした。さすがに死蝋兵を全て駆除しながらだと、四人でここを抜ける時間がギリギリになると思われたからだ。

「助かります」

「その代わりと言ってはなんだが、儂ら理事会にも結末を見せてほしい。あの装置を無事に破壊できるなら、それを見届けるのも義務だと思うのでね」

「はい、是非とも――？」

その時、カンカンカン、と階段を降りて来る複数の足音がした。堂貫さんたちがざわつく。

「堂貫さん、理事会の人たちはこれで全部ですか？」

「いや、他にもいるが彼らはもう人間としての意識を保っていないはず――違うぞ、誰だあれは？」

「要救助者はどこですか～？」

緊張する堂貫さんの声に対し、外れた調子の声が聞こえてきた。もはや聞き慣れてしまった救急隊の声だが、急に死の匂いが強くなった。もう彼らの手口はわかっているはずだ。強いけど不意打ちでも受けない限り、今の私ならどうとでもなるはず。なのに、この嫌な匂いはなんだ。

結論、彼らと対面するまで待つべきじゃなかった。嗅いだこともないほどの猛烈な匂いが漂ってくる。あ、駄目だこれは。私以外、全員死ぬ。目的が、果たせなくなる。どうしてこんなことに。匂いの元凶は――

「お主ら、呼んでおらんぞ？」

堂貫さんはある程度顔見知りなのか、堂々と彼らに話しかけた。彼らもいつもの問答無用さ加減は鳴りを潜め、首をかしげている。

「いや、でも、この地下に向かえと言われましたよ？　我々としても、地下なんてありましたっけ？　と思いましたが、来たら開いているし通報は確かだな、と。で、要救助者はどなたです？」

「ここにはおらん。もっと奥ではないのか？」

「んっん～、じゃあ行ってみますね」

「時にお前たち、なぜ四人なのだ？　担架の上の者は誰だ？」

そう、それは最初に私たちも思ったのだ。救急隊なのに、なぜ三人ではなく、四人なのか。まともな回答はここまで得られなかったが、今回の救急隊は堂貫さんが相手なせいか、いたってまっとうにおかしな回答をしてみせた。

「これは、他の現場の要救助者ですよ。乗せて帰る途中で、呼ばれたもので」

「そうか、そういうこともあるのか」

「その要救助者を、いったいどのくらいの時間搬送しているの？」

私の質問に、はた、と救急隊の動きが止まった。おかしな救急隊とは何度か遭遇したが、いつ呼んでも彼らはあの担架の上の要救助者を連れている。彼らがどこから来ているか知らないが、いつも同じ人物を運んでいるのは変ではないのか。いや、今回は明らかに別人を連れている。そんなこと、気配のまずさでわかろうというものだ。

救急隊の動きがおかしい。いや、いつもおかしかったが初めて混乱しているように見えた。彼らは互いに顔を見合わせると、カタカタと震えはじめた。

「だって……ねぇ。蝶に出会ったら終わりらしいし？　蝶の患者なんて誰も引き受けてくれないし？」

「そう、搬送先が、ねぇ。蝶に出会ったら終わりって、誰でも知っているしねぇ」

「こんなヤバイ患者、どこも引き取ってくれな――」

その途端、急激に周囲一帯を死の匂いに沈めたその人物が本性を現した。私は由宇とアキを引っ張り倒すのに精一杯で、アゲハにまで気が回らなかった。

救急隊は一瞬で上半身を潰されて、消滅していた。救急隊は不死身だと思っていたのに、あっさりと彼らけ砂のように崩れて消滅したのだ。そして、理事会の面子の半分も。

「三人は先に行って！」

アゲハが叫んだ。アゲハも、利き腕の肘から先が吹き飛んでいた。反対の手でナイフを構え、仕込み刀ともう一つの黒い箱を反射的に私の方に蹴って寄越してくれた。

それでも、私でさえどうにかなる気がしないことをアゲハは察したのだろう。

担架の上の人物がゆっくりと起き上がった。それは今までの異界の時とはまるで異なる生物となっていた。まるで空間が歪むかのような殺気と憎悪を滲ませ、顔の包帯が完全にほどけると、闇色の虫があふれ出した。背中には闇と血が混じったような蝶の羽が生え、そこに浮かぶ目がはっきりと瞬《まばた》きしてこちらを無機質に眺めていた。

まるで、この異界を象徴するかのような邪悪な虫の集合体。救急隊と理事会の人たちは、一瞬にして先ほどの闇に絡めとられたのだ。あまりの早業に、今頃彼らの胴体がゆっくりと倒れた。

（蝶に出会ったら終わり）

本当の蝶はこれか、とそんなことを考えると、ひひっ、というものの変な笑いが出て、足は自然と動き出した。救急隊が動揺して警戒した今この瞬間だけ、下へと駆け降りる場所への死の匂いが薄らいだ。だけど、アゲハへ向いている死の匂いは確定していた。立っていた場所が、あの化け物と近過ぎる。もう助けることは不可能だ。

彼女にはアムリタがある。本当の意味では死にはしないだろうが、もう彼女の魂と精神を救うことはできない。私がいなくなった後で、彼女は永遠にこのマンションでいなくなった私を探して、あるいは死に方を探して彷徨うことになるだろう。

それでもなお、行ってくれと叫んでくれた。彼女に礼を言う時間が欲しかった。

「アゲハさん！　いずれ、どこかで！」

それだけ言うのが精一杯だったが、階段を降りる頃、アゲハの絶叫だけが返事代わりに聞こえてきた。

「たまひ、あれはなんだ!?」

「私も知りたい！　だけどおそらく、どこかの異界から紛れ込んだ、とてもまずい何か！」

「あれなんですかねぇ、私に助言をしてきたのは」

「「え？」」

由宇が突然変なことを言い出したので、私もアキも思わず同時に聞き返してしまった。

「助言って何？」

「ああ～、そうか。アゲハさんが、私にたまひさんと知り合いになれって命令したって言いましたよね？」

「言ったわね」

「ここに来る時、それとなくマンションに誘導するようにメールが来たんですよ。どうやってやるのかって返事したら、屋上に飛び降りそうになる人がいるから、それで誘導しろって。私はそれがアゲハさんだと思っていたんですけど、よく考えたらあの人、私のスマホのメルアド知らないはずなんですよね。最近変えましたし」

「ダイレクトメッセージじゃなく、メールで来た？」

「そう。メールで来たので思わず返したんですけど、よく考えるとおかしいなぁって。さっき本人に確認したら、それは知らないって言ってました。仲良くなっているのは時々見ていたから、私はそれで満足していたって。たまひさんが一人でないのなら、自ら誘導する必要はなく、やがてここに来ることになるだろうって言ってました。私とアキさんの因果がここに結ばれているんだから、今このタイミングでここに誘導する必要なんかないって。だから私たちがここにいることを、アゲハさんは凄く驚いていたんですよ」

「たまひ、これって」

アキが不安そうな様子を隠し切れていなかったが、私の頭の中はそれどころではなかった。まだ、誰かの掌の上で動いているのだろうか。アゲハさんでもなく、理事会でもなく、まだ見ぬ誰かの掌の上で。全ての要素を考慮したうえで、私をこの時、この場所に誰かが誘導したのだろうか。

私は二人を下に誘導しながら、最後まで考えていた。最後まで考えること、諦めないことが大切だと信じて。だから、気を取られていると死の匂いへの注意が疎かになることを失念していた。

「たまひ！」

「えっ？」

突如出現した化け物虫が、私を潰そうと突撃してきた。反応が遅れた私を、アキが突き飛ばす。

「うあっ⁉」

私の代わりにアキが化け物虫に壁に叩きつけられ、右腕を壁と化け物虫に挟まれた。

「「わぁあああっ！」」

アキの悲鳴と、由宇が化け物虫に飛びかかる声が重なる。由宇は体を変形させ、体の半分くらいを虫に変化させていた。鎌のように変形させた右手を、化け物虫の頭に叩きつけようとして、側頭部に刺さってしまう。一撃で致命傷とならず、化け物虫が暴れる。

「なんで、あなたは！　私の成れの果てなら、どうしてこんなことを！　友達じゃないの、私たち⁉」

私には化け物虫の感情がなんとなくわかった。おそらくあの由宇は、私と決定的な絆を結べなかった。私だって、由宇の事情や色んなことを知らなければ、正直由宇は切って捨てる気でいた。あの化け物虫になった由宇は、自分のせいで私やアキを巻き込んだと思い、アゲハの言いなりになった自分自身が憎いのだろう。だから自分を執拗に襲うし、まだ人間の私も憎くて襲う。一方で私が無事だと喜んだりもする、矛盾した感情を孕んだ化け物になってしまった。そう思うと、一瞬手を下すことが躊躇われた。

そこに、巨大芋虫が背後から突撃した。背後から化け物虫をさらに押しつぶし、さらなる衝撃でアキの潰れた右腕が千切れた。

「あぁああっ！」

「アキ！」

「駄目です、たまひさん！　上から来ます！」

アキに気をとられかけた瞬間、上から闇が伸びてきた。由宇が私をとっさに庇い、上半身が闇に覆われた。

「ぎぃやぁあああっ！」

由宇の絶叫が聞こえたが、私の刀が閃くのと、巨大芋虫が闇に向けて突撃するのは同時だった。闇が一瞬退き、私は倒れた由宇を抱きとめた。その頭が、一部、ない。

「由宇！」

「あ、あ……たまひ、さん。私、まだ、生きてます、よ。虫も、悪い事、ばか、りじゃ」

これは駄目だ、致命傷だ。アキもなんとか起き上がってきたが、いかに半分虫になりかけているとはいえ、まともに歩けるかどうかも怪しい。そこに、再度闇が伸びて来る。巨大芋虫となったアキの捨て身の突撃でも、これだけしか時間が稼げないのか。

私の足に、アゲハさんが残した黒い箱が当たる。その中にある物の使い方の指導は受けていたので、詮を抜いて投げつけた。凄まじい音と光が化け物を怯ませる。

「二人とも、ごめん！」

　由宇を右腕で抱え上げ、アキにタックルするように突撃すると、宙に飛んだ。下は、底の見えない闇。

「私も、覚悟を決めなきゃ」

　私はもう体に流れているであろう、この土地の穢れを受け入れることにした。何に「成る」のか、それは私の能力ではわからない。

＊＊＊

「饗宴の参加者よ、何を望む」

　アムリタの装置の前に、あの闇色の虫の集合体のような得体の知れない化け物が立っていた。黒い化け物け身を震わせているが、人語を解しているわけではない。それでもアムリタの装置は意図を汲み取ったのかどうなのか、それとも無作為にアムリタを授けることが役目なのか、決まった行動を開始した。

　赤い大輪の華が咲く。アムリタの装置の駆動音が一斉に大きくなり、電圧が上がる。振動が大きくなる。大輪の華が揺れ、女神が吠える。

　町の停電が始まった。五年に一度程度の謎の大停電が、饗宴でアムリタを精製するために行われていると、誰が知るだろうか。こうしてまた、不死になる者が選ばれ――

「させない」

闇色の虫の巣みたいな化け物を糸で拘束する。私は大輪の華にも見える装置の辺縁に手をかけて、地の底から上がってきた。由宇とアキの体も糸で固定して、背中にくくりつけている。出血も、糸で止めたから、まだかろうじて二人とも生きている。私の体がどうなったのか。それはなんとなく想像がついているが、鏡はないし、できれば見たくもない。おそらくは見てしまったら平常心ではいられない。かろうじて上半身が私のままなのが、幸いだった。

化け物は糸を切ろうともがいたが、もうそれはできない。後から後から押し寄せる糸に繭のようにがんじがらめにされ、ついに封印された。あの化け物にアムリタなんて渡すわけにはいかない、渡してなるものか。あんな化け物が不死身になると考えるだけでも恐ろしい。

化け物の慟哭が繭の中から聞こえた気がした。おそらくは、アムリタを求めて他の異界から渡って来たのだろう。あんなものを寄せてしまうのなら、もうアムリタなんてない方がいい。

私は女神に向き合った。

「私の――私たちの望みを叶えてくれますか？」

「――あむりたヲ、サシアゲ」

「いえ、アムリタは必要ありません。私があなたと代わります。その代り、私たちの精神をどこか違う異界に飛ばしてください。そう、三人一緒に住んでいける世界に。できないとは言わせないわ、もう確認してきたのだから。私、藍沢たまひです。あなたの妹のひ孫です。たった一人で、ずっとここで異界の侵食を食い止めていたんですね。お役目、ご苦労様でした。ずっとお待たせしてすみません」

お辞儀をした拍子に、赤い古風な髪留めがあることが女神の目に入ったのだろう。女神はおそるおそる震える手を伸ばした。私はその髪留めを外すと、既に髪などなくなり肉が盛り上がる女神の頭に、痛くないように戻してあげた。

これが鍵だと、記嶋君は言った。これがあなたを救うお守りになるかもしれないと、曾祖母は言った。だから、この前の異界で確認しておいた。ここが異界の入り口なら、他の異界に行くことも可能なのではないかと。もうこの体はどのみちだめだ。由宇もアキも、もうすぐ寿命が尽きる。そして次の異界では、私たちは誰も人間ではなくなっているだろう。ここが最後の分岐。私は、この体を捨てる決断をした。

「お願い、きっとこれが一番良い選択肢だわ。この門をもう、閉じましょう。役目は充分果たしました。そろそろ、自分のことを考えて。あとは、私たちのことを」

女神はしばし沈黙していたが、やがてしっかりと頷いた。そして女神の咆哮とともに、私たちの体は浮き始めた。異形の化け物は異界の彼方へ、私の体はここに留まり、最後に装置が崩壊するまで見とどける。曾祖母の姉は解き放たれ、私たちの精神は異界へ旅立ち、異界への門は閉じる。

「これで……いいんだよね？」

誰からも返事はない。私だって頭が良い方じゃない。この結果だって、誰かの掌の上なのかもしれない。だけど、きっとやれることはやったはずだ。これ以上どうなるって言うのか。私は、私は――

私の意識は赤い光の中に溶け、一瞬の浮遊感と共に消失した。

# エピローグ

「ねぇ、たまひー。今度の休みなんだけどさぁ」

「え？」

　私はぼーっとしていた。温かい木漏れ日のような陽光の中、随分と長い間電車に揺られていたようだ。電車は止まることもなく、ただ一定の速度で緩やかに走り続けている。

　私と、アキと、由宇と。三人でずっと今後の予定について話し合っていた。今度のコミコスなるもので私がコスプレすることは確定事項になってしまったが、首尾よくアキと由宇も巻き込むことに成功した。これならさほど恥ずかしくない。差し当たって、当面の進路振り分けだろうか。もう高校二年生だ。そろそろ将来のことも考えないとまずいはずなのに、二人はどうでもよいみたいだ。次の週末の予定ばかり話し合っている。

「ねぇ、二人とも。進路は大丈夫なの？」

「たまひこそ何言ってんだよ。進路なんてもうないだろう？」

「え……あー、そうだっけ？」

「そうですよぉ、理想の場所に就職なんて面倒なものがあってたまるもんですか！」

なぜか由宇がふんぞり返っている。どうやら彼女の脳内では面倒なことなんてないことが確定しているらしい。その脳も、今の姿を見る限り元の人間の脳がどれほど残っているのか怪しいものだけど。

アキが笑っている。

「就職はなくても、コスプレはあるんだ？」

「ありますよぉ、あるに決まってます！　そうでなきゃあ、そうでなきゃあ……うわぁああん！」

由宇が感極まって走り出した。電車では静かにしてほしいものだが、皆目を細めて笑っている。堂貫さんも、理事会の皆も笑ってくれている。傍には、翡翠さんもいて、彼らと親し気に談笑している。どうやら、写真の通り本当に仲が良かったのか。こちらに気付いて手を小さく振ってくれた。積もる話もあるだろう。

私のような者が生まれるのを見越して、髪留めを残してくれた。一人で異界との門番のような役割を買って出るなんて、なんて勇気あるご先祖様なんだろう。後でゆっくりと話を聞きたい。話を傍から聞いている限り、苛烈そうな性格だけど慈愛にも溢れていて、凄く綺麗な人だ。

ここには私たちを脅かす者は誰もいない。全ての苦痛から解き放たれた私は背もたれに体を預け、盛大にため息をついた。太陽が綺麗だ。隣にある二つの月も。ああ、ここは異界なんだな、と思いながらなんとなくアキを見た。隣のアキがもじもじとしながら、なぜか顔を赤らめている。

「あ、あのさ、たまひ。こんなになったから言うし、途中からなんだかバレてたみたいだけどさ。わ、わ、私はあんたのことが――」

「そのことは、ゆっくり考えさせて。今は無理」

私はすげなく断った。アキがかわいそうなくらいしょげたが、本当に今は無理だ。感情の整理がつかない。だけど、私はアキと由宇を選んだ。そのことを後悔もしていないし、彼女たちが大事だからそうした。正直、一人なら人間のまま帰れた可能性もあった。それが、アゲハさんの告げた未来なら――私はその未来に価値を感じなかったのだ。

「心配しないで。きっと私たちにはたっぷり時間があるはずだから――今は無理でも、将来はわからない」

「そ、そうだよね。でも私たち、どこに行くんだろう？」

「どこだろうね。でも、未来っていつもわからないじゃない？」

電車は随分と長い事揺れている。その先は全く見えず、誰かに邪魔されることもない。もう死の匂いは感じない。私に肉体はないのだ。これは死後の世界なのだろうか、それとも本当に精神だけで行ける異界なのだろうか。私にはもう何もわからないけど、少しの高揚感と共に先へと進むに任せるしかなかった。

＊＊＊

「若者たちに、幸あれ――と」

「何か言いましたか？」

「こちらの話よ」

俺の傍にいた女が独り言を呟いたのについ反応してしまったが、そもそも常にぶつぶつ何か呟いている女だ。俺はもういちいち反応するのを止めることにした。
このおろしたてのようなスーツに、明らかに縮毛矯正したばかりの匂いを漂わせ、似合わない眼鏡をかけた女が突然俺の職場に乱入してきたのは、今日の始業から五分も経たないうちのことだ。まるで場違いな女は入って来るなり、「フン、雑な仕事ね……」と誰にでもない悪態をつき、「社長は今日来ない、私は代理人で調整役よ。そうね、本社からの出向とでも思って。業務は通常どおり行ってくれればいい、私に気を使う必要はないから。以上」とだけ言い残し、社長の席に堂々と座って、タブレット二つとパソコンを使って仕事を開始した。

記嶋不動産。駅前にあるような大手の不動産屋ではなく、場末の、商店街の端っこにあるような五人所帯の小さな不動産屋。大学で遊び呆けていた俺が慌てて就職活動を開始したところ、一発で決まった会社だ。大本を辿れば大手の会社になり、実際に面接した場所も都心の大きなオフィスで、面接は厳しい圧迫面接だったので、正直受かるとは思っていなかった。合格に思い当たるところがあるとすれば、「弐宮常務、彼の出身は——」「ああ、あの不動産の近くか——」という偉い人の会話、そのくらいしかない。

合格の通知をもらい、本社での研修を一か月だけ受けて、すぐにこの小さな不動産屋への辞令が下りた。何の前触れもない辞令はどうかと思ったが、仕事は緩く、待遇は普通の四大卒の同期の二倍近く、月八日の完全休みがあり、希望があれば家賃を会社持ちで物件を提供するという好待遇もあり、嫌と言う理由もなかった。今では五階建てのマンションの、ぶち抜きワンフロアの最上階に住んでいる。普通に住めば家賃三十万はくだらない、元このマンションの大家の家だ。大家が突然失踪したということで入居できたマンションだが、瑕疵《かし》物件などでもなく、職場まで歩いて五分と、あり得ないほどの好待遇で今の生活を送っている。

不満はない。報酬にも仕事にも余裕があるから彼女もいるし、プライベートも充実している。社長は文句のつけようもないほど良い人で、どうして離婚したのか信じられないほどだ。生命力に溢れ、尊敬もしている。転職してキャリアアップして、都会の一等地に——そんな淡い妄想はどうでもよくなってきた。これ以上の待遇を目指して世間の荒波に漕ぎ出す能力があるとも思えないし、一生このままで——そう考えた矢先だった。

プルルルル！　社長の机にある直通電話が鳴った。その電話をさも当然のように取り、「私だけど」と告げて、ごく自然に応答する女。何度か頷いていたが、「淡味、失態ね。自分の尻は自分で拭きなさい。あの女を敵に回したツケは自分で払うの、そいつの対応は契約外よ！」と、突然ドスのきいた声で脅すように告げて、一方的に切った。

「淡味って……本社の淡味会長？」

俺の呟きに反応したのか、女がぐるりと視線をこちらに向けた。その猛禽のような目つきに、思わず身が竦むような思いとなった。年齢不詳の、年下にしか見えないようなこの女を、俺は恐れていた。

「そんなことはあなたが預かり知らなくてもいいことよ。それよりやることがある。そこの女二人！」

不審な女の声に反応して事務員二人が顔を上げた。どちらも美人の二人で、仕事でも良くしてくれる優しい先輩だ。女優でも通じそうな美人が、どうしてこんな小さな会社で仕事をしているのか——と常々疑問に思って聞いてもはぐらかされてきたが、この不審な女の一言でその理由がわかった。

「淡味の馬鹿がやらかしたわ、記嶋社長はもう戻らない。お前たち愛人を含めた契約解除よ、今すぐここを去ってもらうわ。退職金は後日送付するから、引継ぎは別の場所でやること、いいわね」

「「承知致しました」」

二人は納得したようにそのまま席を立つと、俺の方を一瞥もせずに手荷物だけ持って出て行った。やりかけの仕事もそのまま、パソコンすらシャットダウンしていない。もう一人の先輩はここにはいないが、記嶋社長の腹心だ。社長が戻らないのなら、同じようにいなくなるのかもしれない。

唐突に一人になった。その呆気なさに立ちすくんでいると、背後から不審な女に肩を叩かれた。

「さぁ、堂貫社長。これからよろしくするかもね」

「社長……俺が？」

突然名前を呼ばれて呆然としたが、不審な女はからからと笑いながら懐から紙を取り出して俺の胸に押し付けた。それを見て、思わずぎょっとする。白地小切手なるものを初めて見たからだ。

「これは……？」

「見ればわかるでしょう、好きな金額を書き込みなさい。社長就任祝いとでも思って」

「は……あ」

冗談だろ。これは夢だ、そうに違いない。どうせ破り捨てられると思って、一千万円と書きこんだ後、不審な女が零を二つ追加した。

「肝っ玉の小さい男ね。男ならこのくらいふっかけなさいな」

「いや、は、しかし」

「いずれこれを端金だと思えるようになりなさい。あなたには、記嶋社長がやっていた仕事を全部引き継いでもらう。恨むなら、ひい爺さんを恨むがいいわ」

「ひい爺さん……なんで？」

そもそも曽祖父の墓を参ったこともないし、親族に知り合いもいない。思い当たる節もなかった俺は、さぞかし間抜けな面をしていただろう。不審な女は少しあっけにとられた顔をしていたが、自分の態度が少し違っていたと思い直したようだ。頭をかきながら、煙草をくわえて火をつけた。

「ここ、禁煙――」

「固いことを言わないの。そうか、あなたはたまたまここにたどり着いたクチなのね。まぁ堂貫の爺さんの性格じゃあ無理もない。あの人、こんなことに関わるにしちゃあ、常識人過ぎた。にしても、淡味も茂木橋も弐宮も一つの説明もなしとは、流石に性根が腐っているわね」

「あの、どういうこと――」

「いい、あなたに今から大切なことを教えてあげるわ。これはサービスよ。二度は言わないから、生涯で一番頭を使って覚えときなさい。そのうち一つでも達成できなかったなら、全てほっぽり出して海外にでも逃げるべきよ。ま、それでも契約による呪いは追いかけて来る。どっちにしても死ぬでしょうけど、せめてニュースにならないように死んで頂戴」

聞く耳をもたず恐ろしいことをさらりと言ってのけた女が、突然話を始めた。メモ帳を準備する時間すら、女はくれそうもない。

「今付き合っている女の命を惜しんでやるなら、今日中に別れることね。ま、あの嫉妬深さじゃあ、付き合い続けたらあなたが刺される方が早いわけだけど」

「え、なんで」

たしかに嫉妬深くはある。スマホやSNSだって、定期的に俺のものを見ないと気が済まない彼女だが、どうしてそれを。誰にも言ってないのに。

女はこちらを見透かすように笑っていた。

「明日には女の社員が二人補充される――どっちもあなたの理想を絵に描いたような女が二人来るわ。そしてあなたの命令なら、どんな下世話な命令でも忠実に聞く女二人よ。まとめて手を出しても構わないけど、あなたが今の仕事から逃げ出そうとしたら、途端にあなたを裏切るわ。子どもがいてもお構いなし。それを覚悟できるなら、夢のような時間を過ごせるでしょう」

「それは――」

「太く短く生きるのを受け入れられるなら、これからここに訪れる女の客に例の物件を紹介しなさい。なんとしてでも契約を結ばせて、今日中に連れていくこと。それが済んだら、彼女と別れて、両親をぶん殴ってでも事情を聞くのよ。その上で今後どうするか、決めるがいいわ。万が一他の選択肢を取りつつ生き延びる術があるとしたら、今の会社の重役たちを全て破滅させることが必要だけど、誰にも知られない孤独な戦いになるでしょう。ま、従順でいたとしても、彼女に虫籠ごと潰されかねないけど。

たまひがアラーニェとして、敵として帰ってこないことを祈るばかりね。あれを怒らせたら、私にもどうにもできない」

女の言葉は訳が分からないものばかりだったが、胸が焼けつくような焦りを覚えた。これは人生の分岐点だ。それも、生死に関わる。何の覚悟も決まっていない俺は、唾を飲み込めない、いや、息すらも――そうしてあえいでいると、女の携帯が鳴った。番号を確認すると、怪訝そうな表情でそれに出る。

「私よ――ねぇ、待って、まさか翡翠の婆さんなの？　なんでこの番号……いや、あなたにそれは愚問か——ああ、あなたの曾姪孫《そうてっそん》は化け物だったわ、あんなものと戦わせるなんて——ミニガンを正面から避けられた時は、何の冗談かと思ったわよ——ああ、戦闘だけならあなたよりも上でしょう。なにせ異界の邪神を呼んでも殺せなかったんだから——わかっているわよ、淡味に肩入れする気はもうない——そうか、あなたをキレさせたなら、淡味の命運も尽きたわね。沈む船に義理立てする意味はないけど、それより——え、本当？　たまひさんと話ができるの？　ちょっと待って、今ここを出るから。ひひっ」

女が楽しそうな表情で変な笑い方をしながら事務所から出て行こうとする時、つけっぱなしにしていたテレビの音量が突然大きくなった。

「——なので、警察としては藍沢たまひさん、宮町陽《あさ》さん、一瀬由宇さんの三人の女子高生が行方不明になった件に関して、痴情のもつれから無理心中をはかったとして捜査を進める方針ですが、なんら証拠がないことから捜査規模は大きく縮小する方向となりました。家族からはやむをえないとの声もあり——」

「女子高生が痴情のもつれとかあるのか？　やる気がねぇのもいい加減にしろよ、警察。家族も、なんで引き下がるんだよ！」

テレビには数日前から世間を少しだけ賑わせた地元の事件の報道が流れていて、思わず悪態をついた。女了高生に無理心中もへったくれもあるものかと毒づき、この報道の様子ではもう明日には流れないだろうと悔しくなった。学校関係者の取材では「残された生徒への影響が」と言い訳して彼らは何も語らず、家族は「最近のあの子は何を考えているのか理解できなくて」とよそよそしく対応していた。かわいそうではないか、俺の生まれ育った地元は、俺の出身高校はこんな人情味がないのかと、残念な気分になったのだ。俺の友人が行方不明になった時も同じだった。訳のわからない見当違いの方針で探し、やがて面倒なことを誰もが忘れるように話題に上らなくなった。あの時の無力感を思い出して、思わず憤慨した。

報道に怒っても仕方がない。報道できない事実だってあるのかもしれない。だからといって――いや、待て。一部報道では、この会社で扱っている例の物件に向かってから女子高生の行方が知れないと言っている記事も見た。さっきの女だって、これから来る女の客をその物件に案内しろと言って――数日前にこの会社に来た、社長の息子を名乗る高校生も、あの物件のことを気にしていた。それで随分と長く応接室で社長と揉めていなかったか。待て、どういうことだ。そういえば、あの物件に関する資料は、社長の金庫に保管されて――

キィ、と社長の金庫が音を立てて開いた。ダイヤルは回してない。先ほどまで閉まっていたはずだ。俺の疑問に答えるように、手招きするように、金庫が開いた。開けてもいいのか、いや、俺がもう社長なのか。社長になったら、その物件を扱わないといけないのか。関わったらどうなるんだ。

　俺の疑問に答えられるのは、さっきの女しかいない。俺は外に飛び出したが、もうそこには女の姿はなかった。時間にして十秒少々。左右に一直線の道路が伸びるばかりのこの区画で、身を隠すような場所はない。喉が渇く、胃液がせり上がるような焦燥感を覚える。俺は、何に巻き込まれた。

　女の名刺を見る。そこには確かに、「一町たまひ」と書かれていたのだ。挨拶がてら、「呼ぶなら、たまひと」と言われたのだ。名刺も偽物だと思っていた。だがその名前も、連絡先も、砂糖に群がっていた蟻が散らばるように目の前で消えてしまった。何が、俺にとって現実なんだ。

「あのー、すいません」

　声をかけられてはっとした。俺はどのくらいそのままで立ちつくしていたのか。いつの間にか、目の前には儚い蝶のような女性が立っていた。

「この物件について伺いたいんですけど」

　女性は女子大生でりん、と名乗った。季節がずれてはいるが、ゼミに所属してから通学がきつくなってきたので、大学に近い物件を探しているとのことだ。夏休みも終わるまでに時間がないから、なんとしても決めたいが手持ちに余裕がなくて、安い物件を探しているとのことだった。

あの女の言う通りになった。つまり、この後のことも肚を括らなくてはいけない。この女子大生はどうなるんだ、いや、俺の知ったことではない。上手くやらないと、記嶋社長みたいに消息が知れなくなる。俺は大きく息を吸い込んで、精一杯の営業スマイルを浮かべて、りんと名乗る女子大生を店内に招き入れた。

「ええ、お勧めの物件ですとも！　ただし、内見なしの一発即断でお願いします！　早く決めないと、他にも入居希望者からの問い合わせがありまして――」

夏も終わりに近いくせに、俺を非難するような虫の鳴き声が、いやに耳についた。

本作は、アニメ映画『アムリタの饗宴』を基にした書き下ろし小説で、
一部、オリジナルの設定が含まれています。
本作品はフィクションです。実際の人物や団体、地域とは一切関係ありません。

TO文庫

小説 アムリタの饗宴

2023年6月1日　第1刷発行

著　者　はーみっと
原　作　坂本サク
発行者　本田武市
発行所　TOブックス
〒150-0002 東京都渋谷区渋谷三丁目1番1号
PMO渋谷Ⅱ　11階
電話 0120-933-772(営業フリーダイヤル)
FAX 050-3156-0508

フォーマットデザイン　金澤浩二
本文データ製作　TOブックスデザイン室
印刷・製本　中央精版印刷株式会社



Printed in Japan ISBN978-4-86699-854-1